MIGNUS WISARD

ET LE MYSTÈRE DU CHÂTEAU CALTROP

Ian Ogilvy vit en Californie du Sud, avec sa femme Kitty et ses deux beaux-fils. Bien qu'il soit l'auteur de plusieurs romans et d'une pièce de théâtre, il est surtout connu, aux États-Unis, comme acteur. Il a repris, en particulier, le rôle du célèbre espion « le Saint » à la suite de Roger Moore.

Éric Héliot vit à Rouen. Illustrateur en jeunesse, mais aussi pour la presse et la bande dessinée adultes, il a illustré plus d'une cinquantaine d'ouvrages. Avec l'album *Piano Piano* (éditions Sarbacane), il a obtenu le prix Words and Music 2006 à la Foire internationale de Bologne.

Ouvrage publié originellement par Oxford University Press
sous le titre *Measle and the Mallockee*

Loi n° 49 956 du 16 juillet 1949
sur les publications destinées à la jeunesse.
Dépôt légal : juin 2010
ISBN : 978-2-7470-3054-0
Imprimé en France

Ian Ogilvy

MIGNUS WISARD

ET LE MYSTÈRE DU CHÂTEAU CALTROP

Traduit de l'américain par Marie-Hélène Delval
Illustré par Éric Héliot

bayard jeunesse

1. Matilda

Splash ! Une chose molle et tiède vint s'écraser sur la joue de Mignus avant de dégouliner lentement jusqu'à son menton.

– Matilda Wisard ! Tu arrêtes tout de suite ! intervint Nanny Flannel avec la plus grande fermeté.

La dénommée Matilda n'en parut pas impressionnée le moins du monde. Elle plongea de nouveau sa cuillère dans le bol placé devant elle.

– Tilly…, la gronda gentiment Muriel Wisard.

Mignus observa, non sans dépit, que sa mère, assise de l'autre côté de la table et hors d'atteinte des lancers de bouillie, ne dissimulait même pas un sourire amusé.

Matilda rendit son sourire à Muriel, ce qui dévoila ses six petites dents de devant toutes neuves, trois en haut et trois en bas. Matilda en était très fière et ne ratait jamais une occasion de les montrer. Son attention revint à Mignus ; elle leva de nouveau sa cuillère. Tinker, le petit fox-terrier,

se rapprocha de la grande chaise. Les éclaboussures molles et tièdes qu'il pouvait happer au vol l'intéressaient au plus haut point.

Muriel interpella son mari :

– Simon, ta fille est insupportable. Dis quelque chose, s'il te plaît.

– Hmmm ? fit Simon Wisard, caché derrière son journal.

Si sa main n'était pas apparue de temps à autre pour attraper sa tasse de café, on aurait pu ignorer sa présence.

– Ta fille, répéta Muriel. Elle se conduit comme un cochon.

– Comme un cochon, hein ? marmonna Simon à travers l'écran de papier. C'est bien…

Muriel soupira.

Matilda continuait de lever le bras, et Tinker, qui attendait la chute prochaine d'une tiède, molle et savoureuse éclaboussure, remua son petit bout de queue avec enthousiasme.

Reposant la tartine qu'il venait d'entamer, Mignus fit les gros yeux à sa sœur :

– Ça suffit, Tilly !

Matilda Wisard suspendit son geste, fixa Mignus et demanda, solennelle :

– Bloba ?

– Oui, approuva le garçon. Bloba ! Maintenant, Tilly, tu manges et tu arrêtes de me lancer de la bouillie à la figure, d'accord ?

– Gagou zoubi blub ! répondit la petite d'un air convaincu.

Puis, avec un sourire angélique, elle étala soigneusement le contenu de sa cuillère dans ses cheveux. Les oreilles de Tinker s'affaissèrent de déception. Quant à Nanny Flannel, elle émit un cri aigu et se précipita à la recherche d'une serviette. Se sentant provisoirement hors de danger, Mignus s'essuya la joue et mordit dans sa tartine.

Matilda Wisard était la dernière arrivée parmi les occupants du manoir Merlin. Un taxi l'avait amenée de la maternité, blottie dans les bras de sa mère, neuf mois plus tôt. Et, depuis neuf mois, elle se comportait comme tous les bébés, dormant, tétant, pleurant et salissant ses couches. Simon avait déclaré un jour que sa délicieuse petite fille ne savait que produire beaucoup de bruit par un bout et des choses dégoûtantes par l'autre, ce qui était tout à fait l'avis de Mignus. Cependant, Matilda était peu à peu devenue un beau bébé potelé aux yeux verts, aux cheveux en épis, à la bouche ornée de six jolies petites perles blanches, doué d'une adresse surprenante au lancer de tout et n'importe quoi.

Matilda adorait son grand frère. Quand ils étaient dans la même pièce, elle ne le quittait pas des yeux. C'était à lui qu'elle montrait le plus souvent ses dents, à lui qu'elle jetait le plus volontiers ses projectiles, de préférence les bien collants. Sans doute désirait-elle partager avec lui le plaisir qu'elle ressentait à s'en mettre partout.

Pour le moment, en attendant que Nanny Flannel revienne avec une serviette de toilette, Matilda s'appliquait à se remplir l'oreille de bouillie. Mignus lança à ses parents un regard désespéré, mais, comme à l'ordinaire, ils ne semblaient guère conscients de la gravité de la situation. Muriel s'étouffait de rire, et Simon, toujours caché derrière son journal, n'accordait aucun intérêt à ce qui se passait autour de lui.

Soudain, le papier imprimé frémit comme une feuille dans la bise.

– Justin Bucket ? JUSTIN BUCKET ?! Dites-moi que je rêve !

Cette exclamation coupa net la crise d'hilarité de Muriel :

– Quoi, Justin Bucket ?

Le journal s'abaissa, révélant le visage de Simon, mi-stupéfait, mi-furieux :

– Il vient d'arriver une chose épouvantable ! Tu ne vas pas me croire : Justin Bucket est nommé Premier Mage de la Guilde des enchanteurs !

– Quoi ? s'écria Muriel. Tu n'es pas sérieux ?

Mignus constata que sa mère, non seulement ne riait plus, mais semblait consternée. Simon soupira :

– Je suis tout à fait sérieux. Je savais que cet imbécile s'était porté candidat, mais, selon moi, il n'avait aucune chance d'être élu. J'étais sûr que Tobie l'emporterait haut la main.

– Qui est Tobie ? interrogea Mignus.

– Tobie Jugg, répondit Simon, est l'homme qui aurait dû, en toute logique, devenir Premier Mage, celui que chacun s'attendait à voir élu. Je ne comprends pas comment Justin-Bucket-le-Nigaud a pu le battre. Pauvre vieux Tobie ! Il va en faire une jaunisse !

– Tobie Jugg est un type bien, expliqua Muriel. Il est riche, il possède des maisons un peu partout.

– C'est parce qu'il est riche qu'il aurait dû devenir Premier Mage ?

La question fit rire Simon :

– Bien sûr que non, Mignus ! L'argent n'a rien à voir là-dedans. Tobie aurait dû être élu parce qu'il est le meilleur pour remplir ce rôle, voilà tout.

– Tu as voté pour lui, maman ?

Muriel secoua la tête :

– Je l'aurais fait si j'en avais eu le droit. Mais il faut être enchanteur pour voter.

– Ou sorcier, ajouta Simon d'un air sombre.

Il disparut de nouveau derrière le journal et grommela :

– Écoutez ça ! Voici la liste des membres du Conseil nommés par Justin.

– Les membres du Conseil ? s'étonna Muriel. Depuis quand le Premier Mage a-t-il besoin de conseillers ?

– C'est la première fois, à ma connaissance. Écoute ! Philibert Ficelle, Gédéon Telfort, Dorian Babouin, Artémise Tripette et Quentin Plumet.

– Mais… mais…, balbutia Muriel, les yeux écarquillés, ce sont tous des…

– Des sorciers, oui.

Simon rabaissa le journal. Il regarda tour à tour sa femme et son fils, une ride soucieuse lui barrant le front :

– C'est une sale affaire, je vous le dis.

– *Pourquoicha* ? marmonna Mignus, qui entamait une autre tartine.

Le garçon avait tant souffert de la faim à l'époque où il vivait chez l'affreux Basil Tramblebone, un horrible warlack, qu'il en fallait beaucoup pour lui couper l'appétit. Néanmoins, au ton de son père, il devinait que la situation était grave.

– Premièrement, mon fils, répondit Simon, on ne parle pas la bouche pleine. Deuxièmement, un sorcier ne peut pas être élu Premier Mage, c'est contraire au règlement de la Guilde. Les sorciers aiment trop le pouvoir, ils atteignent généralement de hautes situations dans la vie ordinaire. Philibert Ficelle est immensément riche, Gédéon Telfort est un avocat renommé, Dorian Babouin possède une chaîne de supermarchés, Artémise Tripette dirige une fabrique de saucisses très prospère, quant à Quentin Plumet, il est ministre de je ne sais plus quoi. Tant mieux pour eux ! Mais ils n'ont rien à faire à la tête de notre Guilde ! Elle a toujours été gérée par de simples et honnêtes enchanteurs, qui ne sont pas des hommes de pouvoir.

Mignus avala sa bouchée et demanda :

– Alors, ce Bucket, il n'est pas sorcier ?

– Justin ? Oh non ! Il est trop bête pour ça. Ce n'est qu'un enchanteur ordinaire, et l'un des plus nuls qui soit. Mais – et c'est un sérieux *mais* – il va être à présent conseillé par de puissants et ambitieux sorciers. Et quel genre de conseils vont-ils lui donner, à ton avis ?

Mignus haussa les épaules ; il n'en avait aucune idée.

– Je vais te le dire, Mignus, reprit Simon d'un ton lugubre. Le pire genre de conseils ! Ceux qui rendront les sorciers encore plus puissants. Si Justin les écoute – et il les écoutera –, ils feront de la Guilde des enchanteurs une corporation à leur service. Je n'aime pas ça. Je n'aime pas ça du tout !

Nanny Flannel, qui était revenue avec une serviette et s'affairait à nettoyer les dégâts causés par Matilda, intervint alors :

– Mignus n'a plus le temps de t'écouter, Simon, il est l'heure d'aller à l'école.

Elle se tourna vers le garçon :

– Va mettre ton casque, chéri. Je suis à toi dans une minute.

Mignus siffla Tinker, qui jaillit de dessous la chaise haute, et tous deux se dirigèrent vers le hall d'entrée. Mignus décrocha du portemanteau un casque de moto rouge vif orné de flammes orange et le fixa sur sa tête. Il balança son sac d'écolier sur son épaule et, Tinker trottant derrière lui, descendit les marches du perron.

La moto qui l'attendait dans l'allée était un gros engin d'un noir luisant, de même que le side-car fixé sur le côté. Elle avait autrefois appartenu à Buford Matrak, un warlack bâti comme un colosse. À présent, elle était à Nanny Flannel, puisqu'elle était la seule personne de la maisonnée à l'utiliser régulièrement. Au temps de Buford Matrak, c'était une vieille bécane crasseuse et déglinguée, qui crachait une fumée puante. À présent, elle étincelait de propreté, son moteur démarrait au quart de tour, et Nanny Flannel s'en servait pour conduire Mignus à l'école.

Le garçon s'installa dans le side-car et prit Tinker sur ses genoux. Le petit chien n'aimait rien tant qu'accompagner la vieille dame et le garçon jusqu'à l'école, les oreilles au vent.

Nanny Flannel sortit en hâte de la maison, enveloppée dans un long manteau en cuir, les mains également gantées de cuir. Elle portait un casque argenté orné d'une tête de mort et de deux tibias croisés.

Avec une agilité surprenante pour une personne de son âge, elle sauta en selle et enclencha le starter. L'engin vrombit et s'engagea sur la grande allée.

Habituellement, le ronflement du moteur ajouté au sifflement du vent empêchait Mignus et Nanny Flannel de bavarder pendant le trajet. Mais, ce matin-là, Mignus avait un souci en tête.

– NANNY, rugit-il pour couvrir le bruit. POURQUOI JE NE SUIS PAS UN ENCHANTEUR ?

Cette question le turlupinait depuis des mois, et il ne trouvait jamais le bon moment pour la poser. Simon et Muriel se comportaient la plupart du temps comme des gens ordinaires ; Mignus hésitait donc à aborder un sujet dont ils évitaient de parler. Les nouvelles de la matinée et l'anxiété manifeste de son père quant à l'avenir de la Guilde l'avaient décidé. C'était maintenant ou jamais.

– QUE DIS-TU, CHÉRI ? cria la vieille dame sans quitter la route des yeux.

– JE NE SUIS PAS UN ENCHANTEUR ! POURQUOI ?

Nanny risqua un bref coup d'œil vers le side-car :

– JE NE SAIS PAS, CHÉRI. POURQUOI LE SERAIS-TU ?

– PARCE QUE JE SUIS LE FILS D'UN ENCHANTEUR.

La conductrice ralentit, arrêta la moto sur le bas-côté. Ôtant son casque, elle tapota son chignon gris :

– Pourquoi tu me demandes ça ? Interroge plutôt ton père !

Le garçon haussa les épaules, mal à l'aise :

– Eh bien, c'est que… Il est peut-être déçu que je ne le sois pas.

Nanny Flannel éclata de rire :

– Il n'est pas déçu, chéri. Il est soulagé ! Et ta maman aussi.

– Soulagé ? Pourquoi ?

– Parce que ça n'a rien d'enviable ! En principe, d'après ce que j'ai compris, être fils ou fille d'enchanteur te donne une chance d'être enchanteur toi-même. Toutefois, ce n'est pas garanti. Beaucoup de membres de la Guilde viennent de familles dépourvues de tout talent pour la magie. Des milliers d'enchanteurs à travers le monde ignorent d'où ils tiennent leurs pouvoirs.

– Alors, je ne pourrai pas devenir enchanteur ?

– Non, chéri. Pas plus que moi. Tu es un garçon ordinaire.

– Ah ! lâcha Mignus, dépité.

Nanny Flannel caressa le casque rouge de sa main gantée :

– Ne sois pas triste, Mignus. C'est très bien d'être un garçon ordinaire. Réjouis-toi de ne pas être doué pour la magie. Ça complique la vie, je t'assure. Les enchanteurs doivent affronter des dangers dont les gens normaux n'ont pas idée.

– Des dangers comme ceux que j'ai déjà affrontés ? demanda Mignus, le regard fixé droit devant lui.

Nanny Flannel réfléchit un instant. Enfin, elle répondit avec le plus grand calme :

– Oui, chéri. Exactement comme ceux que tu as affrontés.

Sur ces mots, elle remit le moteur en route, et la fin du trajet s'effectua dans un silence pensif.

À la sortie de l'école, Mignus salua ses amis et franchit le portail au pas de course, son sac ballottant sur son épaule. Nanny Flannel l'attendait dans la rue, appuyée contre la moto, dont elle avait laissé le moteur tourner. Dès qu'elle vit le garçon, elle lui fit signe de se hâter. En s'approchant, il s'aperçut que Tinker n'était pas dans le side-car comme d'habitude et que, derrière sa visière, le visage de la vieille dame semblait soucieux.

– Que se passe-t-il, Nanny ? demanda-t-il en ajustant son casque. Où est Tinker ?

– Il est occupé, marmonna Nanny.

– Occupé ?

– Avec des visiteurs.

Nanny Flannel avait prononcé ce dernier mot avec dégoût.

– Monte vite, chéri, ajouta-t-elle.

– Quel genre de visiteurs ? voulut savoir le garçon tout en s'installant.

– Du genre désagréable, grommela Nanny. Tinker les tient à l'œil. D'ailleurs, tu les connais, ces types, Mignus.

– Moi ?

Nanny Flannel hocha la tête d'un air sombre :

– M. Pique et M. Falot, ça te rappelle quelque chose ?

Mignus s'en souvenait parfaitement. C'était les deux représentants de la Guilde des enchanteurs qui étaient venus au manoir Merlin après l'enlèvement de Muriel par les warlacks[1]. Ils s'étaient montrés aussi froids qu'inefficaces. Plus tard, après que Simon eut capturé les quatre warlacks rescapés dans un filet magique, M. Pique et M. Falot avaient emmené les prisonniers dans une camionnette blanche. Et, malgré la victoire remportée par la famille Wisard, aucun membre de la Guilde n'avait daigné les féliciter.

Tandis que Mignus se remémorait ces événements, Nanny Flannel fonçait vers la maison.

– QU'EST-CE QU'ILS VEULENT ? cria Mignus.

1. Lire *Mignus Wisard et la créature de Fou-Rire-Land.*

Nanny ne répondit pas. Elle fixait la route, les lèvres pincées, et conduisait plus vite que d'habitude.

Arrivés au manoir, ils laissèrent la moto au bas des marches. Muriel apparut sur le perron. Elle tenait Matilda dans ses bras et semblait préoccupée.

– Qu'y a-t-il, maman ? s'écria Mignus.

– Je ne sais pas, chéri. Ton père est dans son bureau avec M. Pique et M. Falot. Et il a fermé la porte à clé.

– Mais… qu'est-ce qu'ils veulent ? répéta le garçon.

– C'est aussi la question que je me pose. Ils ont sonné à la porte il y a une heure. Quand ton père leur a ouvert, ils sont entrés en brandissant des documents. Ils ont demandé à lui parler en privé et…

Muriel s'interrompit, car M. Pique et M. Falot, un grand brun maigre et un petit blond trapu, venaient de surgir dans le hall. Tous deux étaient vêtus et cravatés de noir ; des lunettes de soleil leur cachaient les yeux. Chacun d'eux tenait une serviette de cuir à la main et un parapluie replié sous le bras. En passant devant Muriel, Mignus et Nanny, ils soulevèrent d'un même geste leur chapeau melon, puis les semelles de leurs chaussures noires claquèrent sur les marches de pierre.

Quand la camionnette blanche eut franchi le portail, au bout de l'allée, Mignus, Nanny et Muriel, tenant toujours Matilda dans les bras, montèrent en hâte dans le bureau de

Simon. Ils le trouvèrent derrière sa table de travail, tout pâle, la bouche crispée, Tinker assis à ses pieds. Devant Simon reposait une liasse de papiers. Il leva les yeux vers sa famille, et Mignus lut de la colère dans son regard.

– De quoi s'agit-il ? l'interrogea Muriel.

– D'une enquête, répondit Simon, la voix tremblant de rage. Voilà de quoi il s'agit ! Nous sommes assignés par ces deux petits salopards pour subir un interrogatoire.

– Une enquête menée par qui ?

– Par la Guilde des enchanteurs. Nous devons comparaître devant la Guilde ! Du moins, devant un comité nouvellement créé : le Comité d'enquête sur les événements de Fou-Rire-Land, composé de personnalités fort intéressantes. Tu devines qui ?

Muriel fronça les sourcils, puis elle comprit :

– Ô ciel ! Quentin Plumet ?

Simon approuva de la tête :

– C'est l'un d'eux.

– Dorian Babouin ?

– Exact.

– Artémise Tripette ?

– Elle y sera.

– Philibert Ficelle ?

– En personne.

– Gédéon Telfort ?

– Évidemment !

– Et… et Justin Bucket ?

– Il présidera la séance.

– Mais qu'est-ce qu'ils veulent, Simon ? fit Muriel en déplaçant Matilda de son bras gauche à son bras droit. Une enquête à propos de quoi ?

Son mari haussa les épaules :

– Aucune idée, chérie. Étant donné que notre aventure sur Fou-Rire-Land s'est achevée par une victoire, autant pour la Guilde des enchanteurs que pour la famille Wisard, je ne vois pas ce qui peut les exciter comme ça. Or, excités, ils le sont, je peux te l'assurer ! Tout ce que j'ai réussi à apprendre, c'est que nous devrons être dans les locaux de la Guilde dimanche soir à dix heures précises pour répondre à chacune des questions qu'ils désirent nous poser.

– Nous ? répéta Muriel d'une voix éteinte. Qui ça, nous ?

– Nous tous.

– Toute la famille ?

– Oui. Même Tinker. Ne me demande pas pourquoi.

– Et Matilda ? Et Mignus ? Dix heures du soir, ce n'est pas une heure pour convoquer de jeunes enfants, surtout s'il s'agit d'une histoire d'enchanteurs qui ne les concerne en rien !

Simon eut un sourire lugubre :

– Oh, le Comité ne se soucie pas de ce genre de détail !

S'efforçant de prendre un ton enjoué, il conclut :

– J'espère que notre Matilda trouvera quelque chose de bien gluant à leur lancer à la figure, et que Tinker leur mordra les mollets !

2. L'enquête

La longue voiture vert métallisé des Wisard, au capot orné d'un petit crâne de dragon, traversait la ville dans un rugissement de moteur. Le dimanche, à cette heure tardive, il n'y avait plus beaucoup de circulation.

Simon Wisard donna un coup de volant et vint se garer au coin d'une rue.

– Nous y voilà, fit-il. Le siège de la Guilde des enchanteurs.

Mignus était assis à l'arrière, Tinker sur ses genoux, entre Nanny Flannel et Matilda, qui dormait dans son siège de bébé. Il se pencha pour regarder par la vitre, et son visage afficha une profonde déception. N'étant encore jamais venu, il ne savait pas très bien à quoi s'attendre ; mais l'immeuble n'était qu'une haute construction en briques, en tous points semblable à celles qui l'entouraient.

– Oh, lâcha Mignus, je croyais que...

Simon lui jeta un coup d'œil par-dessus son épaule :

– Que croyais-tu, mon fils ? Que les locaux de la Guilde seraient différents des autres ?

– Ben… oui.

– Avec des étoiles clignotantes, des fontaines d'arcs-en-ciel et tout ça ?

– Non, papa, bien sûr que non, soupira Mignus sur ce ton qu'emploient les enfants quand un adulte a proféré une sottise. Je pensais simplement que… qu'ils auraient quelque chose de particulier.

– C'est justement ce qu'il faut éviter, vois-tu. Nous tenons à ce qu'ils ne détonnent pas à côté des bâtiments voisins, de façon à ne pas attirer l'attention.

Simon coupa le contact, et les passagers s'extirpèrent du véhicule. Nanny Flannel déposa Matilda, toujours endormie, dans sa poussette. Puis tous se dirigèrent vers la porte vitrée à tambour de l'entrée. Simon désigna une plaque de cuivre accrochée au mur ; une inscription gravée en lettres majuscules annonçait :

INSTITUT DE RECHERCHE ET D'ÉTUDE
POUR L'AMÉLIORATION DU CARTON ONDULÉ

– La dénomination la plus banale qu'on a pu trouver, expliqua-t-il.

– Mais ce n'est pas vraiment ce qu'on fait ici, n'est-ce pas ? demanda Mignus.

– Quoi donc ?

– Étudier le carton ondulé.

– Euh, si, en quelque sorte…

Simon pouffa et se cacha aussitôt la bouche de la main, car ils venaient de pénétrer dans un vestibule au sol dallé de marbre.

Un gros homme en uniforme, à la face rougeaude, trônait derrière un bureau et les regardait approcher.

Simon murmura à l'oreille de Mignus :

– Si tu viens ici en semaine et que tu te promènes dans les bureaux, tu y verras une armée d'employés occupés à examiner des échantillons de carton ondulé. Bien sûr, ils font semblant, au cas où des curieux entreraient. Ce sont des apprentis enchanteurs, qui effectuent leurs six mois de service obligatoire avant d'être admis à la Guilde. J'ai dû passer par là moi aussi. Je ne me suis jamais autant ennuyé de toute ma vie !

L'homme en uniforme s'était levé. Les deux poings appuyés sur le bureau, il fixait la famille Wisard d'un air soupçonneux. Puis un grand sourire illumina son visage :

– Monsieur Wisard !

– Bonjour, Fred, dit Simon en s'avançant pour lui serrer la main. Voilà un moment qu'on ne s'est pas vus. Comment allez-vous ?

– On n'a pas à se plaindre, monsieur Wisard. Vous êtes là pour l'affaire, hein ?

– Si vous parlez de cette stupide enquête, la réponse est oui, Fred.

La face rouge de Fred pâlit soudain.

– Pas si fort, monsieur Wisard, souffla-t-il en jetant autour de lui des coups d'œil alarmés. Les choses ont bien changé, ici, vous savez…

Simon hocha la tête, la mine sombre :

– C'est ce que j'ai cru comprendre, Fred.

Le gros homme se pencha pour chuchoter :

– Les murs ont des oreilles, si vous voyez ce que je veux dire.

Il se redressa, les sourcils froncés, et se tapota l'aile du nez. Puis il engloba du regard le reste de la famille, et son visage s'éclaira :

– Bonjour, madame Wisard ! Vous êtes plus jolie que jamais, si je peux me permettre ! Et voici donc le jeune Mignus, dont on a tellement entendu parler ?

– C'est lui, Fred, dit Muriel en souriant. Quant à cette petite personne endormie, elle est venue récemment agrandir la famille. Elle s'appelle Matilda. Et vous connaissez Nanny Flannel, bien sûr.

– Mademoiselle Flannel ! C'est toujours un plaisir !

Nanny Flannel inclina brièvement la tête et renifla à grand bruit afin de montrer sa désapprobation : pour elle, être convoquée en ces lieux était plus un embêtement qu'un plaisir.

L'attention de Fred fut alors attirée vers le seul personnage véritablement heureux d'être là : Tinker remuait son petit bout de queue avec enthousiasme, et le gros homme se déplaça pour le caresser :

– Je suppose que voilà le célèbre Tinker.

– En effet, Fred, dit Simon. Maintenant, où devons-nous aller ?

Fred se redressa vivement et prit sa voix officielle :

– Au dernier sous-sol, monsieur Wisard, en salle treize.

Simon conduisit sa famille vers un ascenseur dont la porte était ouverte ; tous se tassèrent dans la cabine. Parmi les boutons de commande, il y en avait un plus gros que les autres, rouge vif. Simon appuya dessus, et la descente commença. Elle dura si longtemps que Mignus fut saisi d'inquiétude : cet engin s'enfonçait dans des profondeurs qu'aucun ascenseur normal n'atteindrait jamais.

Enfin, la cabine ralentit ; elle s'arrêta, et la porte coulissa avec un chuintement, découvrant un couloir d'une longueur impressionnante. De chaque côté s'alignaient de lourdes portes de chêne. Des tubes fluorescents répandaient une lumière blanche et crue.

À une vingtaine de mètres, un groupe de gens stationnait. Lorsque la famille Wisard sortit de l'ascenseur, toutes les têtes se tournèrent vers elle. Simon les désigna d'un mouvement de menton :

– Nous sommes attendus, on dirait.

Les Wisard s'engagèrent dans le couloir. À leur approche, un personnage se détacha du petit groupe et marcha vers eux, les mains tendues en un geste de bienvenue. Mignus nota qu'il était à peu près de l'âge et de la taille de son père, mais il y avait en lui quelque chose qui mit le garçon mal à l'aise. Il avait le teint brun de quelqu'un qui revient tout juste de vacances au soleil ou qui a passé plusieurs heures sous une lampe à bronzer. Le front large, le nez mince et

droit, le menton décidé, il arborait une épaisse chevelure ondulée, d'un noir de jais. Sa bouche souriait de la façon la plus chaleureuse qui fût, et les fines rides au coin de ses yeux démontraient à quel point ce sourire était sincère. Pourtant, il y avait une sorte de vide dans son regard d'un bleu limpide, comme si le cerveau, derrière le grand front bronzé, ne contenait rien ou presque.

– Chers amis ! s'exclama l'homme en saisissant les deux mains de Simon dans les siennes. Quel plaisir de vous revoir ! Simon, vieux camarade, tu as une mine superbe ! Et ta charmante épouse ! Plus ravissante que jamais !

Il se tourna vers Nanny Flannel :

– Et cette chère mademoiselle Flannel ! Cela fait trop longtemps !

– Pas assez longtemps à mon goût, marmonna la vieille dame entre ses dents, si bas que Mignus fut le seul à l'entendre.

Simon déclara :

– Eh bien, Justin, toutes mes félicitations pour cette brillante élection !

« Alors, c'est lui, Justin Bucket, pensa Mignus. Le nouveau Premier Mage de la Guilde. Je ne sais pas pourquoi, mais il ne me plaît pas du tout. »

D'un élégant mouvement de tête, Justin Bucket rejeta ses cheveux ondulés en arrière.

– Merci, mon ami, merci ! s'écria-t-il, assez fort pour que le petit groupe de gens, derrière lui, n'en manque pas un mot. Peux-tu imaginer ma surprise ? J'étais si sûr que notre cher vieux Tobie Jugg allait l'emporter ! Je ne méritais pas cet honneur, non, en vérité, je ne le méritais pas.

Il y eut une longue pause, à l'issue de laquelle Justin Bucket finit par comprendre qu'aucun membre de la famille Wisard n'allait se récrier que si, bien sûr, il le méritait. Il reprit son numéro de séduction :

– Et, donc, voici notre jeune Mignus Wisard !

Mignus sentit ses mains enveloppées dans deux larges paumes froides, molles et un peu moites.

– Eh bien, jeune homme, tu as vécu de sacrées aventures, eh, eh ?

Mignus se demanda si Justin attendait une réponse ou s'il émettait seulement de petits bruits conventionnels ; il se contenta donc de hocher la tête tout en fixant ses chaussures d'un air embarrassé.

– Mais qu'est-ce que je vois ici ? continua Justin avec le même enthousiasme. Serait-ce un bébé ?

– Elle s'appelle Matilda, dit Muriel.

Justin se courba de façon à mettre son nez à la hauteur de la petite. Souriant avec la grâce d'un crocodile qui aurait avalé une paire de bottes, il bêtifia :

– Ooooh, on fait un gros dodo ! Qu'on est mignonne !

Il avança le doigt pour gratouiller le menton de Matilda. Celle-ci souleva une paupière, ouvrit la bouche et referma ses six petites dents sur le doigt tendu.

– OUIIIIIILLE ! piailla Justin en retirant vivement la main.

– Tilly ! C'est très vilain, ça ! la gronda Muriel avec une espèce de hoquet.

Puis Mignus vit sa mère se détourner pour dissimuler son envie de rire.

– Matilda Wisard, renchérit Simon d'un ton sévère, demande tout de suite pardon à Justin !

Et Mignus capta le même amusement contenu dans la voix de son père.

– Bagou vava, déclara gravement Matilda.

– C'est bien, Tilly, approuva Simon en coulant sur sa fille un regard affectueux. Je suis sûr que notre bon Premier Mage ne t'en voudra pas.

Nanny Flannel, elle, avait un autre souci.

– J'espère que vous avez les mains propres, monsieur Bucket, lança-t-elle d'une voix acerbe.

Dans le petit groupe, plusieurs personnes se retenaient à grand-peine de pouffer. Justin Bucket, cachant sa main douloureuse sous son aisselle, plaqua un sourire contraint sur son visage.

– Cette chère famille Wisard, marmonna-t-il. Maintenant, si vous voulez bien m'excuser…

Il pivota sur ses talons, se dirigea vers la porte la plus proche et disparut. À cet instant, un petit homme blond se détacha du groupe ; il s'avança vers les Wisard, les lèvres étirées en un rictus qui se voulait affable. Mignus reconnut M. Falot.

– Monsieur Wisard ! Madame Wisard ! Parfaitement ponctuels, c'est magnifique ! Je pense que le Comité est prêt à vous recevoir. Voulez-vous bien me suivre ?

M. Falot aperçut alors Tinker, collé à la jambe de Mignus. Nerveux, il fit remarquer :

– Cet animal n'est pas en laisse ?

En réponse, le petit chien retroussa les babines de manière à donner à ce stupide humain un aperçu de ses crocs pointus.

– N'ayez crainte, monsieur Falot, le rassura Simon. Il est très bien dressé. Il ne vous mordra que s'il vous trouve méchant avec nous.

– Je vois…

M. Falot recula prudemment. Puis, tout en jetant des coups d'œil méfiants sur Tinker, il fit entrer les Wisard dans une vaste salle où des rangées de chaises étaient disposées face à une estrade. Sur celle-ci, il y avait un long bureau chargé de liasses de papiers, de stylos et de verres d'eau. Derrière s'alignaient six chaises, dont une seule n'était pas encore occupée. À l'extrême droite était assise une femme replète, entre deux âges, outrageusement maquillée. À l'extrême gauche se tenait un homme à la chevelure argentée, très grand, très maigre, très distingué. Trois autres personnes avaient pris place entre eux : un jeune homme au long visage jaunâtre dont les cheveux noirs étaient soigneusement gominés, un petit bonhomme chauve et grassouillet, des lunettes aux verres épais posées sur le bout de son gros nez ; enfin un individu d'aspect si ordinaire que le regard de Mignus ne fit que glisser sur lui.

Le garçon vit alors avec surprise les personnages siégeant sur l'estrade se coiffer de casquettes de velours noir munies de rabats qui leur couvraient les oreilles.

Dès que Muriel et Simon Wisard se furent assis sur deux simples chaises de bois, isolées, juste en face de l'estrade, Justin Bucket fit son apparition. Il s'installa sur la chaise vacante. Mignus reconnut le maigre M. Pique, derrière le siège de Justin, aidant avec respect le Premier Mage à s'asseoir.

– Le jeune Mignus Wisard, intervint M. Falot, ainsi que Mlle Flannel, le bébé et le… hum… l'animal auraient-ils la gentillesse de se diriger vers le fond de la salle, de monter sur la galerie et de se tenir prêts à répondre à toutes les questions que le Comité estimerait utile de leur poser ?

Mignus se retourna et découvrit une sorte de balcon auquel on accédait par un escalier étroit. Il jeta un regard à son père, qui lui sourit :

– Tu seras bien placé, là-haut, mon fils. Va, et mets-toi au premier rang !

Le garçon opina d'un air inquiet. Muriel se pencha pour l'embrasser.

– Tout ira bien, chéri, chuchota-t-elle. Veille à ce que Tilly et Tinker ne fassent pas de bêtises !

Dans sa poussette, Matilda s'était rendormie.

La salle commençait à se remplir. Les gens s'installaient en bavardant, certains montaient dans la galerie. Simon et Muriel adressèrent à Mignus un signe d'encouragement avant de s'asseoir. Nanny Flannel tapota le bras du garçon :

– Viens. Pour le moment, le mieux est d'obéir.

Lorsqu'ils arrivèrent devant l'escalier, un problème se posa : comment monter la poussette de Matilda ? Il fut aussitôt résolu par un nouvel arrivant. Il avait un bon sourire, un nez bossu qui avait dû être cassé, et une véritable crinière brune striée de cheveux gris qui lui tombait aux épaules. Mignus n'avait jamais vu quelqu'un avec une carrure pareille. Cet homme évoquait un mélange de boxeur professionnel et d'ancienne star du rock.

– Bonjour, mademoiselle Flannel ! lança-t-il d'une voix de stentor. Ravi de vous revoir ! Ma parole, vous rajeunissez de jour en jour !

À la grande surprise de Mignus, Nanny Flannel rosit de confusion.

– Oooooh, monsieur Jugg..., soupira-t-elle en joignant les mains sous son menton. Vous êtes toujours aussi taquin !

Tobie Jugg ! C'était donc lui, le candidat qui aurait dû être élu au poste de Premier Mage ! Mignus se souvint que sa mère en avait dit du bien.

– Voyons, mademoiselle Flannel, continuait Tobie Jugg. Vous êtes la plus jolie dame du pays, vous le savez bien !

– Oooooh, monsieur Jugg, fit encore Nanny Flannel, aussi rouge qu'une tomate.

Mignus n'en croyait pas ses yeux : Nanny Flannel, toujours si calme, si sereine, elle qui assurait l'équilibre de toute la famille Wisard, que rien ne réussissait jamais à bouleverser !

La vieille dame remarqua alors que le garçon la fixait, la bouche ouverte. Elle secoua la tête comme pour se remettre les idées en place, respira un grand coup et redevint la Nanny Flannel qu'il connaissait :

– Monsieur Jugg, je vous présente Mignus et sa petite sœur Matilda.

Mignus tendit la main, et M. Jugg la serra. À l'inverse de Justin Bucket, Tobie Jugg avait la poigne ferme, chaude et sèche.

– Bonjour, Mignus, dit-il. J'ai beaucoup entendu parler de toi. Tu as fait du bon boulot. Je suis heureux de te rencontrer.

– Moi aussi, monsieur Jugg, répondit le garçon.

Et il le pensait.

– Appelle-moi Tobie ! Maintenant, occupons-nous de cette petite personne et de sa poussette !

Tobie Jugg se pencha, souleva la poussette et son occupante comme une plume. Puis il escalada les marches, le garçon, le chien et la vieille dame sur ses talons.

– Oooooh ! Attention, monsieur Jugg ! gémit Nanny Flannel.

Elle n'avait pas à s'inquiéter. Tobie Jugg semblait aussi costaud qu'un cheval de labour, Matilda ne se réveilla même pas.

Arrivé sur la galerie, Tobie leur trouva des chaises au premier rang. Il en déplaça deux pour caser la poussette. Puis tous s'assirent, Tobie à côté de Mignus.

Le garçon ne pouvait observer les visages des spectateurs, car il les surplombait, et tous lui tournaient le dos. Il ne voyait que ceux de Justin Bucket et des cinq membres du Comité.

– Une belle bande de faux jetons, tu ne trouves pas ? lui souffla Tobie Jugg à l'oreille.

– Vous les connaissez ?

Tobie renifla de dégoût :

– Les membres du Conseil ! Ridicule ! Tu vois cette femme qui ressemble à un cochon ? Elle s'appelle Artémise Tripette. Un nom qui lui convient parfaitement. Le gominé, avec sa figure couleur de crème tournée, c'est Dorian Babouin. Le petit chauve aux verres de lunettes en cul de bouteille, c'est maître Gédéon Telfort ; en tant qu'avocat, il va mener l'interrogatoire. Nous avons ensuite Justin Bucket en personne, un sot comme on en fait peu ; puis Quentin Plumet, l'individu le plus gris que je connaisse. Quant à la longue baguette enfarinée, tout au bout, il se nomme Philibert Ficelle.

Mignus ne put s'empêcher de sourire à cette description imagée. Afin de ne pas être entendu par des oreilles indiscrètes, il chuchota :

– Papa dit que ce sont des sorciers.

– Exact, sauf Justin Bucket, bien sûr, qui est trop bête pour ça.

– Papa dit que vous auriez dû être élu Premier Mage à la place de Justin.

– C'est gentil de sa part. Mais j'ai été battu à plates coutures. En tout cas, si je l'avais emporté, il n'y aurait ni membres du Conseil ni Comité d'enquête. Je ne peux pas souffrir ces sorciers.

– Comment distingue-t-on un sorcier d'un enchanteur ? demanda Mignus.

Tobie dévisagea le garçon avec étonnement :

– Tu ne le sais pas ? Simon et ta charmante mère ne te l'ont pas appris ?

Mignus secoua la tête :

– Non. Je n'avais encore jamais vu de sorciers. Et on ne me parle pas de ces choses, à la maison. Peut-être parce que je ne suis pas un enchanteur.

Tobie gratifia le garçon d'une bourrade amicale :

– Alors, tu as bien de la chance, crois-moi !

– C'est ce que je lui ai dit, monsieur Jugg, intervint Nanny Flannel.

– Et vous avez eu raison, approuva Tobie.

Revenant à Mignus, il ajouta :

– Tout de même, je pense que tu devrais apprendre à distinguer un sorcier d'un enchanteur, ça peut être utile.

À voix plus basse, il poursuivit :

– Regarde l'assistance. Et observe les oreilles de ces gens.

Mignus se pencha. Il y avait tant de têtes à examiner qu'il ne savait pas très bien par où commencer. Certaines femmes portaient des chapeaux, beaucoup avaient les cheveux longs ; le garçon se concentra donc sur les oreilles visibles.

– Tu ne notes aucune différence ? souffla Tobie.

« Je ne remarque rien de particulier, songeait Mignus. Des oreilles sont des oreilles. Ah, si ! Ce jeune homme, près du mur ! Le bout de ses oreilles est gris foncé, presque noir ! Comme si on lui avait donné des coups de pinceau trempé dans l'encre. Bizarre… »

À présent qu'il avait distingué ce détail, Mignus en découvrait d'autres. Parmi les plus jeunes membres de l'assistance, hommes ou femmes, beaucoup avaient le bout des oreilles noir. Il leva la main, s'apprêtant à désigner du doigt le jeune homme près du mur. Tobie arrêta son geste :

– Ne pointe jamais le doigt, Mignus ! Du moins, pas dans une assemblée de sorciers et d'enchanteurs. Les gens penseraient que tu t'apprêtes à jeter un sort, ça les rendrait nerveux. Mais tu me montrais ce garçon, là-bas ?

– Oui. Il a des traits noirs au bout des oreilles.

– Bien vu ! On appelle ça des *ténébrins*. Tous les sorciers en ont. Plus ils sont nombreux et noirs, plus le sorcier est puissant. Les jeunes aiment les exhiber. Les plus âgés – et les plus puissants – préfèrent les dissimuler. C'est pourquoi les membres du Conseil s'affublent de ces ridicules couvre-chefs à oreillettes.

– Justin Bucket est enchanteur, souligna Mignus. Pourquoi vient-il de mettre une casquette, lui aussi ?

– Pour avoir la même allure que les autres, évidemment ! Ce pauvre Justin a toujours rêvé d'être sorcier, alors qu'il en est incapable. Laisse-moi te donner un conseil, Mignus : n'accorde jamais ta confiance à quelqu'un qui dissimule ses oreilles !

Le garçon réfléchit quelques secondes. Puis il fixa sur son voisin un regard soudain empli de suspicion : les cheveux de Tobie Jugg lui tombaient sur les épaules et *dissimulaient ses oreilles* !

Un large sourire étira la bouche de Tobie. Soulevant à deux mains l'épais rideau de sa chevelure, il dégagea ses oreilles, qui ne portaient pas la moindre trace de noir.

– Désolé..., bredouilla Mignus.

– Ne t'excuse pas, petit, le rassura Tobie. Tu as très bien réagi ; c'est ce que je voulais t'enseigner. Dans ce monde d'enchanteurs qui est le nôtre, tu ne dois faire confiance à personne, pas même à moi.

Mignus aurait aimé poser d'autres questions, mais Justin Bucket se mit à frapper sur le bureau, devant lui, avec un maillet de bois. Le brouhaha des conversations cessa peu à peu, et les visages se tournèrent vers l'estrade.

– La séance est ouverte, annonça Justin d'un ton pompeux.

Il promena sur l'assistance un regard impérieux avant de s'adresser au petit homme à lunettes, sur sa droite :

– Maître Telfort, vous avez la parole !

Gédéon Telfort se leva, une feuille de papier à la main.

– L'affaire que nous avons à examiner ce soir, commença-t-il, concerne les événements qui se sont déroulés sur l'île de Fou-Rire-Land à la fin de l'automne. Le Comité d'enquête siège ici sous la présidence de notre Premier Mage, Justin Bucket. Devant nous comparaissent M. et Mme Wisard, pour que nous entendions leur version des faits.

Il avait une voix de fausset des plus désagréables. Posant sur Simon et Muriel des yeux féroces, il continua :

– Monsieur Wisard, vous avez envoyé à la Guilde un rapport décrivant des événements survenus près de votre demeure, le manoir Merlin, ainsi que sur Fou-Rire-Land. Selon ce rapport, vous auriez été réduit à l'impuissance par un groupe de warlacks, tandis que votre épouse était enlevée par ces mêmes warlacks. Est-ce exact ?

– Oui, répondit calmement Simon.

– Votre épouse aurait été emmenée dans le parc d'attractions appelé « Fou-Rire-Land », alors fermé pour l'hiver, où ne résidaient plus que quelques employés, lesquels auraient été pétrifiés par les warlacks à l'aide d'une tête de serpent momifiée ?

– Oui.

– Vous déclarez qu'après cela votre épouse aurait été retenue prisonnière par une créature magique se désignant elle-même comme le dernier des dragodons… ?

Mignus sentit son attention dériver. Il avait vécu cette aventure avec le dragodon, il savait déjà tout ça. Il se pencha vers Tobie Jugg :

– Je peux vous poser une question ?

– Je t'écoute, chuchota Tobie en réponse.

– Pourquoi les warlacks n'ont-ils pas de… de ténébrins sur les oreilles ? Avant de devenir fous, ils étaient sorciers, non ?

Tobie sourit :

– Tu as remarqué les nuages de pluie qui se déplacent sans cesse au-dessus de leurs têtes, n'est-ce pas ? D'où crois-tu qu'ils viennent ?

– Quoi ? Ils viendraient… de leurs oreilles ?

– Quand la folie s'empare de l'esprit d'un sorcier, ses ténébrins s'effacent et se replacent au-dessus de lui sous la forme d'un nuage noir. C'est une chance pour nous, car on ne peut pas dissimuler un nuage sous une chevelure ou un chapeau. On sait donc tout de suite à qui on a affaire.

Des éclats de voix montèrent alors de la salle, et Mignus se pencha par-dessus la balustrade. Simon s'était levé et brandissait le poing vers les six personnages siégeant sur l'estrade. Muriel le tirait par le bras pour l'obliger à se rasseoir.

– C'est faux ! rugissait Simon. Mon fils ne possède aucun pouvoir magique ! Ceux qui prétendent le contraire sont des menteurs !

La figure rouge de colère, Gédéon Telfort insista :

– En ce cas, monsieur Wisard, comment expliquez-vous la facilité avec laquelle votre rejeton a pu venir à bout du redoutable Basil Tramblebone, et de sept autres warlacks tout aussi puissants et bien décidés à le tuer ? De plus, il aurait, selon vous, vaincu et détruit un dragodon et son dragon, deux créatures magiques qui survivaient depuis des siècles... Comment a-t-il réussi, monsieur Wisard, s'il n'a aucun pouvoir comme vous le prétendez ?

– Il a réussi, répondit Simon entre ses dents serrées, en faisant preuve de bravoure, d'imagination et de sang-froid. Sans doute a-t-il eu également un peu de chance. Vous ne comprenez donc pas ça, idiots que vous êtes ?

Gédéon agita ses papiers d'un air menaçant :

– L'insolence ne vous mènera à rien, Simon Wisard !

Muriel tirait toujours sur la manche de son mari, le pressant de se calmer. Il finit par se rasseoir, mais Mignus le vit secouer la tête, visiblement dégoûté.

– Monsieur le Premier Mage, me permettez-vous d'intervenir ? demanda alors Artémise Tripette, de la voix sucrée qu'on emploie pour s'adresser à un enfant en bas âge.

– La parole est à Mlle Tripette, déclara Justin avec distinction.

– Merci, monsieur le Premier Mage ! Je ne peux m'empêcher de remarquer que M. Wisard se montre un tantinet nerveux. Or, nous savons ce qui arrive lorsqu'un enchanteur ne maîtrise plus ses nerfs, n'est-ce pas ?

Une rumeur approbative monta de l'assistance, accompagnée de force hochements de tête. Artémise continua :

– Le fait que Mme Wisard soit assise à côté de lui ajoute un tantinet à mon inquiétude. Dois-je vous rappeler qu'elle est une manafontana, capable de fournir à son conjoint un supplément de mana à jet continu ? Cela signifie que M. Wisard peut lancer un nombre illimité de sorts, où il veut, quand il veut et sur qui il veut.

Simon haussa les épaules :

– Ne soyez pas ridicule, Artémise. Je ne vais pas m'amuser à lancer des sorts ici !

Artémise l'ignora et poursuivit, en adressant son sourire le plus suave à Justin Bucket :

– Je me sentirais donc un tantinet plus en sécurité s'ils étaient séparés.

Les six membres du Comité d'enquête se concertèrent rapidement. Puis Justin frappa de nouveau sur le bureau avec son maillet :

– Monsieur Pique, monsieur Falot, voulez-vous avoir l'amabilité de placer une cloison mobile entre les prévenus ?

Les deux hommes, qui se tenaient jusqu'alors discrètement à chaque extrémité de l'estrade, coururent vers un placard. Ils en sortirent un paravent replié qu'ils installèrent entre les sièges de Simon et de Muriel, de sorte qu'ils ne pouvaient plus ni se voir, ni se parler, ni se toucher.

– Grand merci, monsieur le Premier Mage, flûta Artémise Tripette. Je me sens un tantinet plus tranquille, à présent.

Gédéon Telfort avait attendu avec impatience la fin de cet intermède. Il reprit :

– Laissons de côté la probabilité que Mignus Wisard possède effectivement des pouvoirs magiques. Laissons également de côté le rôle joué par le petit chien, qui me paraît être un animal doué de qualités tout à fait...

particulières. Je me tourne à présent vers vous, madame Wisard. Niez-vous que de nombreux actes parfaitement illégaux ont été commis par vous-même et par votre fils ?

– Des actes illégaux ? Que voulez-vous dire, maître Telfort ? demanda Muriel avec le plus grand calme.

Gédéon Telfort farfouilla dans ses papiers, en choisit un et se mit à lire :

– Premièrement : conduite illégale d'un véhicule de la Guilde par un mineur. Deuxièmement : intrusion d'un mineur et d'une manafontana dans un lieu fermé au public. Troisièmement : destruction de matériel par un mineur, une manafontana et un chien sur une propriété privée appelée « Fou-Rire-Land ».

Gédéon Telfort rajusta ses lunettes et reprit son souffle avant de continuer :

– Quatrièmement : destruction non autorisée d'un dragodon, un type de magicien que l'on croyait disparu, et par là même d'un intérêt considérable pour la Guilde. Cinquièmement : destruction non autorisée d'un dragon, espèce que l'on croyait également disparue, et par là même...

– Attendez une minute ! l'interrompit Simon. Que voulez-vous dire par « non autorisée » ? Ma femme et mon fils étaient sur le point d'être *mangés* ! Puis-je vous faire remarquer qu'à quelques secondes d'une mort certaine, ils n'avaient pas vraiment le temps de demander l'autorisation à la Guilde !

– Non, monsieur Wisard, répliqua Gédéon d'un ton sec. Vous n'avez rien à nous faire remarquer ! Ce tribunal – je veux dire ce Comité – ne fait qu'examiner les nombreuses infractions aux règles de la Guilde dont votre famille et vous-même vous êtes rendus coupables.

Gédéon Telfort se tut soudain, perplexe, car une vague d'agitation accompagnée de rires étouffés parcourait l'assistance. En même temps, il ressentait une curieuse impression au niveau des oreilles, un léger battement, comme si un oisillon perché sur sa tête essayait ses ailes toutes neuves, prêt à décoller du nid pour la première fois.

3. Perturbation

Levant les mains, Gédéon Telfort tâta les oreillettes attachées à son couvre-chef. Elles remuaient !

Les spectateurs ne contenaient plus leur hilarité. Gédéon jeta un coup d'œil à ses compagnons : chacun d'eux était victime du même curieux phénomène.

– Qui s'est permis de lancer ce sort ridicule ? tonna Gédéon en promenant sur la salle un regard courroucé. Arrêtez ça tout de suite ! L'affaire qui nous occupe est de la plus haute importance, et le tribunal... je veux dire le Comité n'est pas ici pour s'amuser !

Peine perdue ! Les oreillettes s'agitaient de plus en plus vite, de plus en plus fort, provoquant un courant d'air qui chatouillait les visages des membres du Comité.

Ce fut la casquette d'Artémise Tripette qui décolla la première. Elle quitta soudain la tête de la grosse femme et se mit à voleter sous le haut plafond telle une chauve-souris.

– Iiiiiiii ! piailla Artémise.

– Cette bouffonnerie doit cesser immédiatement ! s'époumonait Gédéon Telfort. Monsieur le Premier Mage ! Je vous prie de ramener le calme dans la salle !

Justin Bucket se leva et saisit son maillet de bois. Ce faisant, il lâcha une de ses oreillettes, qui battit frénétiquement ; sa casquette s'envola au-dessus de l'assistance, qui s'esclaffa de plus belle.

Justin Bucket avait beau frapper frénétiquement sur le bureau avec son maillet en hurlant : « Silence ! Silence ! », personne ne lui prêtait attention. Philibert Ficelle, la mine désespérée, lâcha sa propre casquette et la laissa rejoindre ses compagnes volantes. Les couvre-chefs encore en place se démenaient si fort qu'il devenait de plus en plus difficile de les retenir. Gédéon Telfort laissa le sien s'échapper quand il commença à se sentir soulevé de son siège. Depuis la galerie, Mignus, qui regardait la scène, effaré, découvrit alors que les ténébrins de Gédéon Telfort étaient les plus grands et les plus noirs qu'il ait pu observer jusque-là.

Dorian Babouin et Quentin Plumet abandonnèrent la lutte à leur tour, et leurs casquettes allèrent grossir la troupe des curieux volatiles de velours. Dans l'assistance, les gens pleuraient de rire, tapaient des pieds, envoyaient des bourrades à leurs voisins.

– C'est intolérable ! Intolérable ! s'égosillait en vain Justin Bucket.

Artémise Tripette tentait fébrilement de remettre de l'ordre dans ses boucles grises. Dorian Babouin fixait le plafond, la bouche grande ouverte. Quentin Plumet affichait le sourire incertain de celui à qui on vient de raconter une blague qu'il n'a pas comprise. Quant à Philibert Ficelle, il tambourinait sur le bureau à coups d'ongles d'un air furibond.

Gédéon Telfort tendit vers Simon un doigt menaçant :

– C'est vous, hein ? C'est vous le responsable ?

– Pas du tout, protesta Simon Wisard, assez fort pour couvrir les rires. Je n'y suis pour rien !

– En ce cas, qui est-ce ?

– À vous de me le dire, Gédéon ! C'est vous le sorcier. Je ne suis qu'un simple enchanteur.

L'avocat, cramoisi de colère, leva les yeux vers les objets volants et vociféra :

– Cette plaisanterie grotesque a assez duré ! *Incognate Encanto Negatobile !*

Les oreillettes cessèrent aussitôt de battre et, tels des oiseaux tués en plein vol, les six couvre-chefs tombèrent sur le sol juste devant l'estrade avec un bruit mou.

Gédéon Telfort se rassit avec dignité :

– Monsieur Pique, monsieur Falot ! Veuillez être assez aimables pour ramasser ces objets et les rendre à leurs propriétaires respectifs. Merci !

Les deux hommes s'avancèrent. À l'instant où ils se baissaient pour attraper les casquettes, celles-ci eurent un sursaut. Mais, cette fois, au lieu de s'envoler, elles s'échappèrent en courant sur leurs oreillettes comme sur des petites jambes de velours.

Cette fois, personne ne rit. Une rumeur d'étonnement parcourut l'assistance. Un premier sort avait transformé les casquettes en objets volants. Les faire courir était sans l'ombre d'un doute l'effet d'un deuxième sort. Ce qui signifiait qu'il y avait dans la salle non pas un plaisantin, mais deux. Car les enchanteurs et les sorciers – les warlacks également – ne peuvent utiliser qu'un enchantement important par jour. Or, si ceux dont tous venaient d'être témoins étaient particulièrement puérils, il s'agissait bien de deux sorts importants.

– Monsieur Pique ? Monsieur Falot ? cria Gédéon d'une voix aigre. Nous attendons.

M. Pique et M. Falot se consultèrent du regard. Puis ils poussèrent lentement les casquettes à pattes devant eux pour les rassembler comme s'il s'agissait d'un troupeau d'oies. M. Falot dit alors avec le plus grand calme :

– À trois, Pique ?

– À trois, Falot, approuva l'autre sur le même ton.

– Un, deux… trois !

Ouvrant largement les bras, les deux hommes se jetèrent sur leurs proies. Celles-ci se dispersèrent aussitôt dans toutes les directions. Du haut de la galerie, Mignus crut voir un nid de grosses araignées brusquement dérangé.

– Monsieur Pique ! Monsieur Falot ! Vous nous faites perdre notre temps ! vociféra Gédéon Telfort.

Justin Bucket lui tapa alors sur l'épaule :

– Il me semble, Gédéon, qu'il y a dans cette salle non pas un mais deux lanceurs de sort…

– Évidemment, qu'il y en a deux, imbécile ! rugit Telfort.

Se rendant compte que ce n'était peut-être pas la bonne manière de s'adresser en public au Premier Mage de la Guilde des enchanteurs, il reprit avec une politesse onctueuse :

– Que monsieur le Premier Mage se rassure ! Nous découvrirons rapidement leur identité, et ils seront sévèrement punis.

Il n'en dit pas plus. Dans la salle, l'agitation était à son comble. Pique et Falot couraient en tous sens, essayant en vain de rattraper les casquettes déchaînées, qui se faufilaient sous les sièges. Et ces petits objets noirs et agiles avaient quelque chose de si inquiétant que les gens grimpaient sur leurs chaises, affolés. Puis les six casquettes ressortirent de leurs cachettes, vinrent s'aligner devant l'estrade et devinrent d'un coup… rose vif !

Artémise Tripette poussa un cri aigu.

– Trois ! Ces canailles sont trois ! s'égosilla Gédéon Telfort. Cessez immédiatement ces enfantillages, vous m'entendez !

Pour toute réponse, les six casquettes s'envolèrent de nouveau, bien en rang comme une escadrille de petits avions. Elles flottèrent jusqu'à la galerie et vinrent se balancer dans les airs, juste devant le nez de Mignus. Tinker pointa les oreilles et émit un bref aboiement de surprise.

Gédéon Telfort sauta sur ses pieds ; il désigna le garçon d'un doigt tremblant :

– La voilà, la preuve que ce garçon a des pouvoirs ! Vous voyez ? C'est lui qui les contrôle ! Sans doute avec l'aide de cette espèce de... chien. Et la nommée Flannel est probablement leur complice !

Simon et Muriel qui s'étaient retournés fixaient leur fils, bouche bée. Mignus secoua la tête avec frénésie. Il voulait leur crier : « Ce n'est pas moi ! Je n'ai rien fait ! » Mais les mots restaient coincés au fond de sa gorge. Tous les yeux étaient braqués sur lui, y compris ceux de Nanny Flannel et de Tobie Jugg.

Et, soudain, il comprit.

Ce n'était pas vers lui que le vol de casquettes se dirigeait, mais vers la poussette de Matilda.

Et Matilda était réveillée.

4. Une malockie

Ses yeux verts fixés sur l'alignement de casquettes roses, un sourire ravi découvrant ses six petites dents, Matilda agitait joyeusement ses bras et ses jambes potelés. Les casquettes se mirent à sautiller en cadence, chacune d'elles émettant une note de musique, et Mignus reconnut la chanson favorite de sa sœur : « Mon petit poney ».

Peu à peu, les regards de l'assistance passèrent du garçon au bébé, et un silence stupéfait emplit la grande salle.

– Tilly ! souffla Mignus. Arrête ça tout de suite !

Les yeux verts se posèrent sur lui :

– Gouga ?

– Oui, gouga ! Ça suffit, maintenant !

Matilda gloussa. Elle secoua les mains. La petite musique se tut, les casquettes redevinrent noires. Puis elles firent demi-tour, flottèrent gracieusement vers l'estrade et se posèrent sur le bureau, chacune devant son propriétaire.

Dans la salle, tous restaient pétrifiés. Enfin, Justin Bucket sortit de sa stupeur :

– Mais… que… que signifie ce… cette… ?

Gédéon Telfort lui jeta un regard incendiaire :

– Ce que ça signifie, monsieur le Premier Mage ? N'est-ce pas évident ? La famille Wisard élève un *Mageus Infantum*, ce qui est contraire à toutes les règles de la Guilde des enchanteurs !

– Un… quoi ? fit Justin, abasourdi.

– Un *Mageus Infantum* ! Un bébé enchanteur ! Une créature des plus dangereuses ! À qui ils apprennent à ridiculiser le Comité d'enquête ! Ils sont tous complices, Simon Wisard, Muriel Wisard…

– Je n'ai pas la qualité d'enchanteur, monsieur Telfort, protesta Muriel.

Rejetant son intervention d'un geste de la main, Gédéon poursuivit :

– La femme Flannel…

– Espèce de sale menteur ! fulmina Nanny Flannel. Je n'ai aucun don pour la magie ! Et comment osez-vous m'appeler « la femme Flannel » ?

Gédéon ignora ses protestations et enchaîna :

– Ce spectacle grotesque a forcément été concocté par le jeune Mignus Wisard avec l'aide de son compagnon canin, et mis en scène par sa *Mageus Infantum* de sœur ! Un tel comportement est intolérable ! J'exige un châtiment exemplaire ! J'exige que...

Cette belle tirade fut interrompue par une suite de chocs sourds venus du fond de la salle, un bruit de bois tapant sur du bois. Du haut de la galerie, Mignus vit sortir de l'ombre la silhouette maigre et courbée d'un petit vieillard. Dans sa main ridée, il tenait une canne dont il frappait le plancher. Ses cheveux blancs coupés court dégageaient ses oreilles, dépourvues de ténébrins. Il avançait péniblement, et tous les yeux suivaient sa lente progression.

Lorsqu'il atteignit enfin l'estrade, Gédéon Telfort se pencha par-dessus le bureau, et le vieil homme lui parla un instant, trop bas pour que les autres puissent entendre. Mignus vit Gédéon hausser les sourcils, puis hocher la tête avec respect. Il se redressa alors et, balayant l'assistance d'un air autoritaire, il déclara :

– Le Comité est heureux d'accueillir Son Excellence le juge Octavo, qui souhaite faire une déclaration.

Le vieillard pivota, et Mignus put observer son front plissé de rides, son nez en bec d'aigle, ses yeux noirs brillants d'intelligence sous les sourcils broussailleux. Son Excellence Octavo leva la tête, et son regard tomba droit dans celui du garçon :

– Ah, te voilà, petit ! Ai-je bien l'honneur de m'adresser à Mignus Wisard ?

Mignus fit signe que oui, intimidé par tous les visages soudain tournés vers lui.

– Heureux de te connaître, Mignus. Je suis le président de la Haute Cour de justice, un titre impressionnant, n'est-ce pas ? C'est à moi de trancher entre ce qui est vrai et ce qui est faux, vois-tu. Accepterais-tu de répondre à quelques questions ?

Mignus eut un hochement de tête incertain. Toutefois, le petit vieillard lui inspirait plutôt confiance.

– Merci, Mignus. Ainsi, le bébé dans la poussette, près de toi, est ta sœur ?

– Oui, monsieur.

– Comment s'appelle-t-elle ?

– Matilda, monsieur.

– Peux-tu me dire, car je ne vois pas très bien d'ici, si la jeune Matilda est endormie ?

Mignus jeta un coup d'œil au bébé :

– Elle l'est, monsieur.

– Je suis content de l'apprendre, mon garçon. Elle doit être épuisée, après avoir dépensé autant d'énergie. Jeter un sort est déjà fatigant pour un adulte, alors, pour un enfant de cet âge... !

– Un *Mageus Infantum*, corrigea Gédéon à voix haute.

– Non, maître Telfort, le reprit tranquillement Octavo. C'est là que vous faites erreur. Mlle Matilda Wisard n'est pas un *Mageus Infantum*. Elle est quelqu'un de bien plus extraordinaire et de bien plus dangereux. Vous voyez ce que je veux dire ?

Les six membres du comité se consultèrent en chuchotant avec animation. Finalement, Gédéon Telfort reprit la parole :

– Eh bien, Votre Excellence, nous devons reconnaître que, non..., nous ne voyons pas très bien...

Son Excellence Octavo eut un sourire pincé :

– Amis enchanteurs et sorciers, écoutez-moi donc attentivement ! Je vous conjure de rester calmes : pas de cris, pas d'affolement, pas de bousculade pour sortir de la salle ! Est-ce clair ?

L'assistance approuva avec un murmure nerveux et force hochements de tête.

– Merci. D'abord, sachez que, contrairement à ces puissants sorciers, derrière moi sur l'estrade, je ne suis qu'un simple enchanteur. Je possède cependant un don particulier, celui de détecter l'origine de sorts inhabituels. C'est pourquoi je peux vous affirmer aujourd'hui, chers amis, que nous sommes en présence d'une merveille, d'une chose unique, telle qu'on n'en a pas vu depuis très, très longtemps !

Octavo marqua une pause. La salle s'agita, et Justin Bucket intervint d'une voix légèrement irritée :

– Veuillez pardonner mon audace, Votre Excellence, mais de quoi parlez-vous ? Où est cette chose merveilleuse qu'on n'a pas vue depuis longtemps ?

Le juge leva la main et pointa un doigt tordu vers la galerie :

– Ici, monsieur Bucket. Elle est endormie dans sa poussette et ne présente pour l'instant aucun danger. Espérons que ça va durer…

– Le… le bébé des Wisard ? balbutia Justin, ahuri, en frictionnant machinalement l'index que Matilda avait mordu.

– Elle-même.

– Le *Mageus Infantum* ? questionna Gédéon Telfort.

– Maître Telfort, soupira le juge. Je vous répète que la petite demoiselle Wisard n'est pas un *Mageus Infantum*.

Gédéon tapota impatiemment le bureau du bout de son crayon :

– Alors, qu'est-ce qu'elle est ?

– Matilda Wisard est une créature tout à fait extraordinaire : une malockie !

Le mot courut de bouche en bouche dans l'assistance étonnée : « Malockie ? Mal au... quoi ? Jamais entendu parler d'une malockie... Vous connaissez ça, vous ? »

Le vieil homme leva les mains, et le brouhaha s'apaisa. Puis il sourit à Mignus :

– Tu vois, petit, l'avantage que cela donne d'avoir beaucoup lu !

S'adressant à la salle, il lança :

– Suis-je vraiment le seul, ici, à savoir ce qu'est un malockie ?

Un silence gêné s'installa. Chacun tenait sa langue, ne souhaitant pas être le premier à avouer son ignorance. Le juge secoua la tête d'un air atterré :

– Quelle pitié ! L'amour de l'étude se perd. De mon temps, nous étions assoiffés de connaissance.

– Veuillez m'excuser, Votre Excellence, intervint Simon Wisard d'un ton irrité. Mais ma femme et moi sommes fort désireux d'apprendre de quoi exactement vous accusez notre fille.

Le juge s'inclina avec élégance :

– C'est à moi de m'excuser, monsieur Wisard. Vous avez raison, j'ai tendance à perdre le fil de mes discours. Comme vous le savez, les enchanteurs, les sorciers – et même les malfaisants warlacks – ne peuvent jeter qu'un seul sort important par vingt-quatre heures. Les malockies, eux, ne connaissent pas ce genre de limite. Ils lancent des sorts à jet continu, jusqu'à ce que la fatigue les arrête. De plus – et c'est là un point particulièrement intéressant –, les malockies n'ont pas besoin de prononcer des incantations. Il leur suffit de *penser* le sortilège pour qu'il s'accomplisse. C'est ce que j'ai détecté, il y a quelques instants. Ces sorts silencieux qui ont touché les couvre-chefs de notre éminent Comité provenaient tous d'une seule et unique source : cette fillette dans sa poussette, actuellement plongée dans un sommeil réparateur. J'ai alors compris quelle chance était la nôtre !

– De la chance, Votre Excellence ? susurra Artémise Tripette.

– Oui, de la chance, mademoiselle Tripette ! Cette enfant est joueuse et dotée d'une charmante personnalité. Imaginez ce qui serait arrivé si c'était une petite peste !

Gédéon Telfort commençait à s'énerver :

– Et ses pouvoirs ne connaîtraient aucune limite ? Vous voulez nous faire avaler ça ?

– Parfaitement, maître Telfort.

– Impossible ! D'où recevrait-elle une alimentation permanente de mana ?

– D'elle-même. Vous ne comprenez donc pas, Telfort ?

Un malockie est à la fois un enchanteur *et* sa propre source de mana.

Le sorcier eut un sursaut d'indignation :

– Mais… une telle créature posséderait un pouvoir qui défie la raison !

– C'est bien le problème, maître Telfort. C'est pourquoi je vous suggère de parler moins fort : un malockie endormi est infiniment moins dangereux qu'un malockie réveillé !

Gédéon pinça les lèvres. Quand il reprit la parole, ce fut à voix si basse que Mignus dut tendre l'oreille :

– Votre Excellence, pourquoi n'avons-nous encore jamais entendu parler de ça ?

– Premièrement, maître Telfort, parce que plus personne ne lit les bons ouvrages. Deuxièmement, parce qu'on ne compte que trois cas semblables dans toute l'histoire de la magie. Et, troisièmement, parce qu'on n'a pas vu de malockie depuis plusieurs milliers d'années. Je pensais même qu'on n'en verrait plus jamais. Pourtant, son apparition n'est pas le fruit du hasard.

– Vous insinuez que… quelqu'un l'a voulu ?

Le juge Octavo lança à Simon et à Muriel un regard indéchiffrable avant de répondre :

– Il est vrai que, dans un lointain passé, des malockies ont été conçus volontairement. Le cas qui nous occupe est différent. C'est une série d'accidents imprévus qui a entraîné la naissance d'une authentique malockie.

Il désigna Muriel :

– Mme Muriel Wisard est la mère et la créatrice de cette malockie.

– Mais… mais…, bredouilla Telfort, comment a-t-elle été créée ?

– Exactement comme les précédents. Un malockie apparaît lorsqu'une manafontana devient mère, à condition qu'elle se soit baignée dans le sang d'un dragon. Ce sang lui apporte une énorme quantité de mana, qu'elle transmet au bébé à naître. Quand il vient au monde, il est un ou une malockie.

Une rumeur inquiète courut dans l'assistance. S'approchant de Muriel, qui le fixait, stupéfaite, le vieil homme reprit avec bienveillance :

– Chère madame Wisard, ce n'est pas votre faute. Vous et votre fils avez manqué d'être dévorés par un gigantesque dragon. Quand la mer s'est engouffrée dans la grotte, elle a tué la bête, et vous avez dû nager pour échapper à la noyade. Personne ne peut vous blâmer d'avoir baigné dans du sang de dragon. C'est ainsi que, sans le vouloir, vous avez donné naissance à une créature magique comme il n'en est pas apparu sur Terre depuis des milliers d'années, à cause de la rareté des manafontanas, et surtout du manque évident de dragons.

Un grand silence emplit la salle. Chacun réfléchissait à cette révélation. Puis Simon se leva brusquement, et les pieds de sa chaise raclèrent le plancher.

– Fort bien, fit-il sur le ton d'un homme d'affaires. Maintenant que la situation est éclaircie, nous allons prendre congé. Il est tard, les enfants devraient être au lit depuis longtemps, et nous avons encore une longue route à faire. Merci beaucoup de nous avoir reçus. Tu viens, chérie ?

Il contournait le paravent et Muriel se levait à son tour quand une voix aigre les arrêta :

– Attendez !

C'était Philibert Ficelle, le grand maigre aux cheveux argentés, assis à une extrémité du bureau. Il se pencha, nouant ses longues mains soignées sous son menton. D'un ton suave, il continua :

– Monsieur Wisard, madame Wisard, restez assis, je vous prie. Je comprends votre impatience, mais je crains que notre enquête soit loin d'être terminée, surtout au vu de ces nouvelles révélations.

Simon et Muriel s'interrogèrent du regard par-dessus le paravent. Puis, avec un léger haussement d'épaules, ils reprirent chacun leur place.

Philibert Ficelle les remercia d'un signe de tête et s'adressa au vieillard :

– Votre Excellence, êtes-vous sûr de ce que vous avancez ?

– Tout à fait sûr.

Philibert Ficelle contempla l'assistance avec noblesse :

– Voulez-vous accorder aux membres de ce Comité quelques instants pour se consulter ?

Personne ne marquant d'opposition, les six personnages en noir se rapprochèrent les uns des autres en chuchotant avec animation.

En haut, dans la galerie, Mignus se mit à chuchoter aussi :

– Qu'est-ce qui va se passer, Nanny ?

Nanny Flannel eut un geste d'ignorance :

– Je n'en sais rien, chéri. Mais ne t'inquiète pas, ton père et ta mère vont s'en sortir.

Mignus n'en était pas convaincu. Il jeta un coup d'œil à sa petite sœur. Matilda dormait profondément ; elle ne se réveillerait sûrement pas avant plusieurs heures.

Le garçon se pencha vers Tobie :

– Vous aviez déjà entendu parler des malockies ?

– Jamais. Mais, si Son Excellence Octavo dit qu'ils existent, je le crois. Il a lu plus de livres que nous tous ici réunis.

En bas, les membres du Comité s'adossaient de nouveau à leurs sièges. Justin Bucket fit un signe à M. Pique et à M. Falot. Les deux hommes accoururent. Justin leur chuchota quelque chose. Ils approuvèrent de la tête avec conviction avant de quitter la salle d'un pas pressé. Dès qu'ils furent sortis, Justin déclara :

– Merci à tous de votre patience ! Veuillez attendre encore quelques minutes ; nos secrétaires sont en train de vérifier dans un ouvrage de référence le cas si intéressant que Son Excellence Octavo vient de nous décrire. Ils n'en ont pas pour longtemps.

Des murmures montèrent de la salle, tandis que des curieux se dévissaient le cou pour tenter d'apercevoir le bébé endormi dans sa poussette, en haut, sur la galerie.

Soudain, la porte de la salle s'ouvrit, laissant passer six costauds vêtus d'un uniforme noir, chaussés de lourdes bottes noires, un casque noir sur la tête, les yeux dissimulés derrière des visières teintées. Trois hommes se dirigèrent vers Simon, trois autres vers Muriel. Tous deux bondirent de leur siège pour leur échapper. Trop tard ! Sous les yeux de Mignus, horrifié, son père et sa mère furent saisis à bras-le-corps par un de ces personnages casqués, tandis qu'un autre leur maintenait les jambes et que le troisième refermait autour de leur cou

un large collier de métal muni d'une serrure. Simon et Muriel furent ensuite brutalement repoussés sur leur siège. Le paravent était tombé par terre, et Mignus put voir son père saisir la main de sa mère en clamant :

– *Stasimus exertico forteligimus !*

Le sortilège de libération échoua : l'éclair bleu qui avait jailli des doigts de l'enchanteur remonta le long de son bras et disparut dans le collier, comme si le métal l'avait avalé.

La panique s'empara alors de l'assistance. Tous s'étaient levés et couraient en désordre vers la sortie. Son Excellence Octavo s'élança vers les Wisard, son visage ridé plissé d'inquiétude. Il n'alla pas loin. L'un des hommes en noir le bouscula avec tant de violence qu'il vacilla et faillit tomber.

Du haut de la galerie, Mignus contemplait la scène avec consternation. Il s'aperçut que trois hommes en noir se dirigeaient vers l'escalier, tenant chacun un collier de métal. Le garçon se tourna vers Tobie pour quêter du secours. Celui-ci était déjà occupé à détacher le harnais de sécurité retenant Matilda dans sa poussette. Il souffla :

– Il faut filer d'ici, petit ! Et vite !

– Mais... papa ? Maman ?

– Je ne peux rien pour eux, Mignus. Je vais au moins vous tirer de là, ta sœur et toi. Suis-moi !

Il s'adressa à Nanny Flannel :

– Désolé, mademoiselle Flannel, nous allons devoir cavaler, et je suis obligé de vous laisser. Faites-moi confiance, je mettrai les enfants en sécurité. Ce sera l'affaire de quelques jours. Ensuite, je m'occuperai de vous trois. Pour l'instant, il n'y a pas une seconde à perdre.

Nanny Flannel acquiesça de la tête. Puis, voyant Matilda blottie dans les bras de Tobie Jugg, elle secoua les mains pour inciter Mignus à fuir :

– Va, mon chéri ! Suis M. Jugg ! Et prends bien soin de Tilly. Et… Oh, attends une minute !

La vieille dame fouilla dans son sac. Elle en sortit un sachet en plastique transparent qu'elle lança au garçon. Il l'attrapa au vol et comprit tout de suite ce qu'il contenait : des bonbons magiques !

– Au cas où tu aurais une petite faim, chéri ! lui cria Nanny.

Les hommes en noir étaient au milieu de l'escalier, mais les gens qui dévalaient les marches pour tenter de sortir leur bloquaient le passage. Tobie coinça Matilda sous un de ses bras musclés tout en attrapant la poussette d'une main et Mignus de l'autre :

– Vite, petit ! On fiche le camp !

Le garçon se sentit tiré à travers la bousculade vers le fond de la galerie, loin de l'escalier. Pour lui, il n'y avait là qu'un mur nu, sans aucune ouverture. En s'approchant, il découvrit une porte à peine visible, peinte de la même couleur que la paroi. Tobie l'ouvrit d'une poussée. Un coup d'œil en arrière révéla à Mignus qu'un des hommes en uniforme s'était jeté sur Nanny Flannel. Les deux autres se frayaient un chemin vers les fuyards. Puis une main puissante le tira hors de la salle.

Tobie claqua la porte derrière eux. Aussitôt, un grattement frénétique se fit entendre contre le battant. Avant que Tobie ait eu le temps de refermer le gros verrou, Mignus entrouvrit la porte, et une petite boule de poils jaillit telle une fusée par l'entrebâillement.

– Pas le chien ! siffla Tobie d'un ton exaspéré. On ne peut pas s'encombrer du chien !

Une soudaine vague de colère déferla sur Mignus. Tous ces gens qui leur disaient, à lui et à ses parents, ce qu'ils devaient faire ou ne pas faire, ça commençait à bien faire !

– Je ne partirai pas sans lui, décréta-t-il.

Tobie gronda comme un vieux lion contrarié. Puis il secoua la tête en soupirant et ferma le verrou :

– D'accord. Assure-toi seulement que cette bête ne nous retarde pas.

– Tinker, nous retarder ? Vous ne l'avez jamais vu courir ! C'est nous qui allons le retarder.

Tobie rit, puis il ajouta :

– En route, petit ! Une sacrée grimpette nous attend, et ce verrou ne tiendra pas éternellement.

Levant la tête, le garçon constata qu'ils se trouvaient au fond d'une sorte de puits, d'où partait un étroit escalier de fer en spirale qui n'en finissait pas. Très haut au-dessus de lui, les marches métalliques disparaissaient dans l'obscurité.

– Où cela mène-t-il ? demanda Mignus, réticent.

Tobie parut lire dans ses pensées.

– Écoute, petit, déclara-t-il. Ne te fais aucun souci pour ton père et ta mère, tout va s'arranger. En revanche, ces fous de la Guilde ne vont pas vous lâcher, le bébé et toi.

– Mais… pourquoi ? Qu'est-ce qu'on leur a fait ?

– Ils te prenaient déjà pour un enchanteur dont on leur aurait caché l'existence. Maintenant, ils ont appris que ta sœur est une malockie. Ils prévoient de vous faire subir une batterie de tests, tous fort désagréables, j'en ai peur. Je veux vous éviter cela. Et, dès que je vous aurai mis à l'abri, je m'occuperai de tes parents, d'accord ?

Mignus acquiesça en silence. Les choses allaient trop vite ; il n'avait pas le temps de réfléchir, et ça le perturbait.

Des coups furieux résonnèrent contre la porte, accompagnés de cris étouffés et de jurons. Tobie empoigna le garçon par le bras :

– Vite, petit ! On discutera plus tard.

Ils s'élancèrent dans la spirale de l'escalier.

5. En fuite !

Au bout de deux cents marches, Mignus avait les jambes tremblantes, les poumons en feu, et son cœur palpitait comme s'il cherchait à s'échapper de sous ses côtes. Le garçon avait besoin d'une pause. Haletant, il ferma les yeux et appuya son front en sueur contre le métal froid de la rambarde.

En bas, il y eut une série de coups violents, un bruit de bois qui éclate. Tinker gronda.

Mignus entendit des pas pressés qui redescendaient vers lui. La main ferme de Tobie se referma sur son bras :

– Vite, petit ! Ils ont défoncé la porte. Ce n'est pas le moment de s'arrêter. Je vais t'aider, viens !

Au-dessous d'eux, l'escalier de fer tremblait déjà sous un martèlement de bottes. Tiré par une poigne puissante, Mignus mit de nouveau un pied au-dessus de l'autre à un rythme accéléré. Tinker bondissait de marche en marche

à ses côtés. Le petit chien ne paraissait pas fatigué le moins du monde.

Loin en dessous, les bottes de leurs poursuivants faisaient résonner la carcasse métallique : *Clang – poum – clang – poum – clang – poum…*

Les fuyards montaient de plus en plus vite. Mignus s'imagina condamné à grimper ainsi, plus haut, plus haut, toujours plus haut, le reste de ses jours… Le mouvement tournant que leur imposait l'escalier lui donnait le vertige.

Puis, d'un coup, ils furent au sommet.

Ils avaient pris pied sur un étroit palier, sous un plafond en béton.

En face d'eux se découpait une porte massive qu'on ouvrait à l'aide d'une barre horizontale.

Tobie l'abaissa. La porte pivota, et Mignus se sentit poussé dans un long passage sombre, bordé des deux côtés par des murs de brique. Tinker se faufila à sa suite, et Tobie referma le battant. Hors d'haleine, il lâcha :

– La voie est libre, profitons-en !

Le garçon obligea ses jambes aussi molles que des marshmallows à se remettre en marche. Un peu plus loin, là où le corridor faisait un coude, on distinguait une vague lueur. Quand ils y parvinrent, Tobie fit signe à Mignus de ralentir. Il se colla contre le mur et avança prudemment la tête pour regarder de l'autre côté du tournant :

– Ça va. Ma voiture est garée en bas de la rue. Tu pourras encore courir jusque-là ?

Le garçon n'eut pas le temps de répondre. Derrière eux, la porte venait d'être enfoncée d'un coup de pied. Une voix hargneuse lança :

– Vous, là-bas ! Restez où vous êtes !

Tobie attrapa Mignus par la main et l'entraîna si brusquement que le garçon crut que son épaule s'arrachait de l'articulation. Tous deux surgirent dans la rue mal éclairée. Dehors, il n'y avait personne. Tobie fonça jusqu'à un long véhicule, garé vingt mètres plus loin. Il ouvrit la portière côté passager, poussa Mignus à l'intérieur. Tinker bondit sur les pieds du garçon. Tobie jeta la poussette sur le siège arrière et déposa Matilda, toujours endormie, dans les bras de son frère. Puis il contourna le véhicule, se glissa derrière le volant et claqua la portière.

– Hé, vous ! Arrêtez !

Mignus jeta un coup d'œil dans le rétroviseur. Un type énorme, en uniforme noir et tenant un collier de métal, avait surgi du passage.

Tobie enfonça du pouce un gros bouton rouge, au milieu du tableau de bord. Le moteur rugit.

La voiture se rua en avant et fila dans les rues désertes, ses pneus crissant sur le macadam. En un rien de temps, ils étaient hors de l'agglomération. Vingt minutes plus tard, ils roulaient en pleine campagne. Les phares qui trouaient l'obscurité laissaient deviner des champs de part et d'autre de la route.

– Où va-t-on ? demanda Mignus.

– Dans un endroit sûr, loin de la ville, répondit Tobie.

Il marqua une pause avant de reprendre doucement :

– Je suis désolé, Mignus. Je ne pouvais rien faire pour tes parents, mais j'aurais bien voulu emmener Mlle Flannel.

– C'était impossible, reconnut le garçon.

Il n'imaginait vraiment pas la vieille dame escaladant à toutes jambes cet escalier interminable.

– Sans doute, soupira Tobie. Mais ça signifie que tu vas devoir prendre soin de ta sœur.

Ils roulèrent pendant une heure sans parler. Seul le ronflement du moteur leur tenait compagnie. Ils filaient à présent sur une autoroute, et ce fut Tobie qui rompit le silence :

– Il y a un restaurant, un peu plus loin. On a encore un long trajet à faire, et j'ai grand besoin d'un café ! Et toi, veux-tu manger quelque chose ?

– Je veux bien, merci.

L'endroit était accueillant et brillamment éclairé. À cette heure tardive, les clients étaient peu nombreux. Mignus s'assit à une table, Matilda près de lui dans sa poussette, tandis que Tobie allait commander les consommations. Il revint avec un sandwich au jambon et une canette de soda pour le garçon, une grande tasse de café noir pour lui.

Mignus mangea son sandwich et but son soda sans en tirer aucun réconfort. Il se sentait exténué et déprimé. Si seulement il avait pu s'ôter de la tête les images traumatisantes de ces hommes en noir en train de malmener son père et sa mère !

– Monsieur Jugg ?

– Tobie. Appelle-moi Tobie.

– Tobie… C'était quoi, les colliers de métal qu'ils ont passés au cou de mes parents ?

Tobie eut un reniflement dégoûté :

– Des anneaux absorbeurs. On les utilise d'habitude sur les warlacks pour les empêcher de nuire. L'anneau absorbe les sorts. Un warlack capturé ne peut plus utiliser la magie quand il a cet objet autour du cou. Je n'aurais jamais cru voir un jour d'innocents enchanteurs soumis à pareil traitement !

– Ils voulaient m'en mettre un aussi, n'est-ce pas ? Et à Matilda ?

Tobie hocha tristement la tête :

– Sans aucun doute.

– Ça marcherait sur une malockie ? Si c'est une créature tellement puissante…

– Je ne vois pas pourquoi ça ne fonctionnerait pas. Le principe reste le même, quels que soient les pouvoirs de celui qui porte l'anneau.

Cinq minutes plus tard, ils reprenaient la route. Mignus tombait de sommeil. Il était très tard, l'heure du coucher était passée depuis longtemps et la journée avait été épuisante. Aussi, serrant Matilda contre lui, avec la chaleur réconfortante du petit chien sur ses pieds, il se laissa aller contre le doux dossier de cuir et ferma les yeux. À l'instant de s'assoupir, il lui vint à l'esprit qu'il n'avait pas eu de réponse à sa question :

– Où allons-nous exactement, monsieur Jugg… je veux dire Tobie ?

– Dans une de mes demeures, le château Caltrop, quelque part au bout de nulle part. Il n'y a pas une seule autre maison à dix kilomètres à la ronde.

– Vous possédez un château ?

– Eh oui ! J'espère qu'il te plaira. Parce que tu devras sans doute y séjourner un moment, le temps que je démêle cette affaire. Dors, petit. C'est encore loin.

Alors, bercé par le ronronnement du moteur, et caressant l'idée de résider bientôt dans un château, Mignus s'endormit.

6. Le château Caltrop

D'habitude, Mignus n'avait aucun mal à se réveiller le matin. À peine avait-il ouvert les yeux qu'il se sentait frais et dispos, prêt à vivre tout ce que cette nouvelle journée voudrait bien lui apporter.

Ce jour-là, ce n'était pas le cas. Il avait l'impression de remonter lentement du fond d'un lac. Une lumière filtra derrière ses paupières fermées. Il sentit sous sa main le contact d'un drap qui sentait bon le frais. Sa tête reposait sur la molle épaisseur d'un oreiller. Sur ses jambes pesait quelque chose, qui remua soudain et remonta le long de son corps. Un souffle chaud lui caressa la joue. Mignus ouvrit un œil. Tinker le fixait d'un air interrogatif, sa petite tête poilue penchée de côté.

– Bonjour, toi ! murmura le garçon en se frottant les yeux.

Puis il se redressa et regarda autour de lui.

Il découvrit une grande chambre claire. Le soleil passait largement par une haute fenêtre en arceau, aux vitres faites de morceaux de verre enchâssés dans un filet de plomb, exactement le genre de fenêtre qu'on s'attend à trouver dans une demeure ancienne. D'épais rideaux de velours vert pendaient de chaque côté. De sombres panneaux en bois recouvraient les murs. Il y avait une énorme cheminée, encadrée par deux bibliothèques. Une paire de fauteuils et un canapé d'aspect confortable étaient disposés devant le foyer. Le lit dans lequel Mignus venait de se réveiller était immense, surplombé par un baldaquin aux piliers de bois sculpté. Des draperies du même velours vert que les rideaux étaient retenues aux quatre coins par des crochets de cuivre. Si on les détachait, elles transformeraient le lit en une sorte de minuscule pièce douillette et cachée.

« Où suis-je ? » se demanda Mignus, découvrant qu'il était en sous-vêtements.

Les récents événements lui revinrent lentement en mémoire.

« Caltrop ! Je suis en sécurité avec Tinker au château Caltrop ! Mais... Matilda ? Où est Matilda ? »

Il fouilla des yeux la vaste pièce. Il repéra d'abord la poussette, puis, juste à côté, un lit d'enfant. Matilda était debout dedans, accrochée aux barreaux, portant les mêmes vêtements que la veille. Elle l'observait avec gravité.

« Oh, non ! pensa Mignus. Ses couches doivent être trempées ! »

Il repoussa le drap, courut prendre le bébé et revint l'allonger sur son grand lit.

Une minute plus tard, Mignus constatait que Matilda n'avait nul besoin d'être changée : sa couche était parfaitement propre.

– Comment as-tu fait ça, Tilly ? marmonna-t-il.

Matilda avait utilisé la magie, voilà tout. Elle s'était réveillée dans cette drôle de pièce, couchée dans un lit qui n'était pas le sien, avec la sensation très inconfortable de baigner dans une humidité chaude et collante. Personne ne venant s'occuper de son problème, la petite s'était redressée pour regarder autour d'elle. Elle avait aperçu son frère, endormi dans un énorme lit, Tinker roulé en boule à ses pieds. Elle avait appelé à plusieurs reprises :

– Gaga gloga gum !

Le garçon n'avait pas bougé ; le chien avait levé la tête, lui avait jeté un vague coup d'œil. Puis il avait reposé son museau sur ses pattes et s'était rendormi.

Matilda avait essayé les pleurs :

– Waaaah ! Waaaah ! Waaaah !

D'habitude, ça marchait. Quelqu'un arrivait en courant. Pas cette fois. Et la sensation de chaud et de collant devenait de plus en plus désagréable. Que faisait donc sa mère ?

Lasse d'attendre qu'on vienne prendre soin d'elle, Matilda avait donc tout bonnement décidé de faire cesser cet inconfort. Et ça avait cessé.

Après, elle s'était sentie un peu fatiguée et avait refait un petit somme. Une heure plus tard, elle s'était de nouveau dressée dans son lit et avait attendu patiemment que les deux dormeurs se réveillent.

Mignus déposa sa sœur sur le plancher. Il vérifia rapidement si rien, alentour, ne représentait un danger pour un bébé. Puis il se dirigea vers la fenêtre.

Il nota tout de suite qu'on ne pouvait pas l'ouvrir. Il n'y avait ni poignée ni charnières, ce n'était qu'un panneau de verre et de plomb. C'était sans doute normal, dans un vieux château. Collant son œil à l'un des petits carreaux, il découvrit un grand parc. Il y avait un parterre fleuri sous la fenêtre ; une allée de gravier menait à une vaste pelouse qui descendait jusqu'à un lac aux eaux noires et immobiles. De l'autre côté du lac, la ligne sombre d'un bois de pins barrait l'horizon. Ne détectant aucun signe de vie à l'extérieur, Mignus reporta son attention sur la chambre.

Sur le mur opposé à la cheminée, il remarqua une porte, découpée dans la boiserie. Le garçon alla l'ouvrir. Elle donnait sur une salle de bains carrelée de marbre vert, bien plus grande que celle du manoir Merlin. Mignus s'approcha du lavabo. Sur la tablette, il trouva une brosse à dents électrique, identique à celle qu'il avait chez lui, ainsi qu'un verre à dents et un tube de dentifrice. C'était également la marque qu'il utilisait.

Mignus se brossa les dents ; il se débarbouilla et se lava les mains. Il renfila ses vêtements de la veille et ses baskets. Il s'assura que tout allait bien pour Matilda. Tout allait bien ; elle était très occupée à s'assurer que la queue de Tinker était solidement attachée à son corps, et le petit chien la laissait faire sans protester, car cela signifiait d'ordinaire qu'il aurait bientôt droit à une gâterie.

Au moment où Mignus enfilait sa veste, on frappa à la porte. Tobie entra, un sourire amical aux lèvres :

– Bonjour, petit. As-tu bien dormi ?

– Très bien, merci, répondit le garçon.

En même temps, il courut repousser le battant, car Tinker se précipitait vers l'extérieur.

– Je... hmmm..., je crois que Tinker a besoin de sortir. Par où va-t-on dans le parc ?

Tobie se caressa la barbe d'un air ennuyé :

– Ah, c'est que... Je ne peux pas vous laisser vous promener dehors. Le château Caltrop est un endroit très... particulier. Dans ces bois, là-bas... Disons qu'il y a des créatures qu'il vaut mieux ne pas rencontrer. Tu es loin du manoir Merlin, comprends-tu. Mais il y a un jardin

intérieur où vous serez en parfaite sécurité. Viens, je vais te le montrer. Emmène aussi ta petite sœur.

Mignus déposa Matilda dans sa poussette et suivit Tobie, Tinker trottant devant eux. Ils parcoururent un long couloir, au plafond très haut, aux murs recouverts des mêmes boiseries sombres que la chambre. Ils passèrent devant de nombreuses portes fermées. Le couloir fit un coude et, là, Mignus découvrit une armure impressionnante, dressée sur un socle de marbre, une énorme épée glissée dans son fourreau de métal. Le garçon pensa, tant elle était grande, qu'elle avait dû être forgée pour un géant.

Après de nombreux tours et détours, ils arrivèrent enfin devant une porte tout à fait semblable aux autres, sauf que le mot JARDIN était peint dessus en lettres d'or.

– Ce bâtiment a été construit il y a très longtemps par

un célèbre enchanteur, le duc de Touffol, raconta Tobie. Voici son portrait.

Il désignait un grand tableau, accroché face à la porte, représentant un homme de haute taille vêtu d'une robe écarlate. Ses longs cheveux noirs encadraient un visage maigre et très pâle. Il se tenait debout près d'un arbre, la main posée sur le tronc noueux. En arrière-plan, des vaches paissaient dans un champ.

Mignus eut l'impression que les yeux sombres et perçants du portrait se posaient sur lui.

– Le duc de Touffol a été Premier Mage de la Guilde des enchanteurs au moment de sa création, continua Tobie. Il a découvert que cet endroit regorgeait de magie naturelle, c'est pourquoi il y a bâti le château Caltrop. Il y a un détail intéressant, sur cette peinture. Le vois-tu ?

Mignus observa le tableau plus attentivement : l'homme en rouge, l'arbre tordu, le champ avec les vaches...

– Cherche l'entrée d'une grotte.

– Une grotte ? s'étonna le garçon. Où ça ? Ah, oui, là, dans le coin à gauche. Il y a une falaise au loin et, dans le flanc du rocher, une ouverture irrégulière...

L'entrée de la grotte était sombre ; pourtant, quelque chose de plus sombre encore semblait tapi dans ses profondeurs. Et, dans cette forme noire, Mignus distinguait à présent deux points lumineux, légèrement étirés vers le haut.

On aurait dit des yeux de chat.

– Qu'est-ce que c'est ? questionna Mignus.

– La créature qui a tué le duc. Un des hôtes les plus dangereux des environs. Les gens l'appelaient Gobin des Bois.

Mignus retint un sourire.

« Drôle de nom ! Ça ressemble à Robin des Bois ! »

Tobie remarqua son amusement :

– Oui, son nom rappelle celui du célèbre hors-la-loi de la forêt de Sherwood, qui volait les riches pour donner aux pauvres. Mais il ne ressemblait pas du tout à Robin des Bois, crois-moi ! Il était même tout le contraire. Lui, il volait les pauvres. De plus, après les avoir dépouillées, il tuait ses victimes en utilisant une arbalète. C'est comme ça qu'il a abattu le duc, d'une flèche dans le dos. Autrement, il ne serait pas venu à bout d'un enchanteur aussi puissant.

Le garçon plissa les yeux pour tenter de percer l'obscurité de la grotte peinte :

– De quoi avait-il l'air ?

– Il était horrible, à ce qu'on dit. Le corps tout tordu, une face de cauchemar ; le genre d'individu qu'on n'a pas envie de croiser le soir sur un chemin désert ! Mais, viens, petit ! Allons voir le jardin !

Sur ces mots, Tobie tourna la poignée et poussa la porte.

Le petit jardin était parfait. Carré, planté d'arbustes et orné de massifs de fleurs, il mesurait environ vingt mètres de côté. Une allée de gravier contournait une petite pelouse fraîchement tondue, avec une fontaine au milieu. L'eau qui en jaillissait retombait en clapotant dans un bassin de pierre. Une verrière filtrait la lumière du soleil. Matilda marqua son approbation en babillant joyeusement.

– Ce n'est pas très grand, s'excusa Tobie. Mais le chien n'est pas bien gros non plus. Ça devrait lui suffire, hein ?

Tinker paraissait de cet avis. Après avoir reniflé à droite et à gauche pour trouver l'endroit qui lui convenait, il leva la patte, puis rejoignit Mignus en trottinant.

– Tu peux venir ici quand tu veux, dit Tobie. Il suffit de repérer la bonne porte.

Tandis qu'ils tournaient vers la chambre, Tobie déclara :

– Je vais être obligé de te laisser seul quelque temps, petit. Il faut que je retourne en ville si je veux secourir tes parents. D'ici, je ne peux rien faire ; il n'y a ni téléphone, ni fax, ni branchement internet. Trop de magie dans l'air, ça crée des interférences. J'en aurai pour deux ou trois jours. Fais comme chez toi, lis des livres, promène-toi à ta guise dans le château. Mais n'essaie surtout pas de sortir, d'accord ?

– D'accord, Tobie. Et merci.

Arrivé sur le seuil de la chambre, Tobie tapota gentiment l'épaule du garçon :

– Eh bien, j'y vais. Amuse-toi bien. On se revoit bientôt.

Il s'éloigna en agitant la main et disparut au tournant du couloir.

Mignus alla s'asseoir au bord du lit, berçant Matilda dans sa poussette d'un geste mécanique. Les yeux fixés sur la haute fenêtre, il analysa la terrible situation où ils étaient plongés, sa famille et lui. Où étaient son père et sa mère, à présent ? Et où était-il lui-même, d'ailleurs ? Tout ça était très effrayant, d'autant qu'il avait la responsabilité de sa petite sœur, désormais.

Aussi misérable et déprimé qu'il fût, Mignus s'aperçut néanmoins qu'il mourait de faim. Et Matilda ? Qu'allait-il lui donner à manger ? Tout ce qu'il avait, c'était le sachet de Nanny Flannel. Il en sentait dans sa poche le poids réconfortant. Il ne le sortit pas, pourtant. Il ne voulait pas que Matilda le voie, parce qu'elle réclamerait des bonbons, et on ne nourrit pas un bébé de neuf mois avec des sucreries, c'est mauvais pour ses dents.

Et Tinker ? Lui aussi devait être affamé. Il était assis, la truffe levée vers Mignus, le regard implorant.

Un curieux grattement, derrière la porte, interrompit les sombres pensées du garçon. Y avait-il quelqu'un dans le couloir ? Et, si oui, que voulait ce quelqu'un ?

– Entrez ! fit Mignus.

Tinker abandonna aussitôt sa mimique de chien affamé pour prendre celle de féroce chien de garde. Il coucha les oreilles, et un grondement sourd roula dans sa gorge.

Le grattement s'interrompit un instant. Puis il recommença, assorti de tapotements : *Scratch, scratch, tap, tap, tap...*

– Entrez ! lança de nouveau Mignus.

Tinker retroussa les babines, découvrant ses crocs.

Scratch, scratch, tap, tap, tap...

Mignus se leva, traversa la chambre et vint coller son oreille contre le battant. En plus des grattements et des tapotements, il entendit une respiration précipitée.

Il ouvrit brusquement la porte.

Debout dans le couloir, le fixant de son froid regard de poisson, se tenait un petit warlack.

7. Ignace Tatillon

La première réaction de Mignus en découvrant le warlack fut de plonger la main dans sa poche pour y prendre un bonbon jaune. Les jaunes, en effet, ceux qu'il aimait le moins, avaient le don de le rendre invisible pendant trente secondes. Mais il était trop tard, et trente secondes d'invisibilité ne lui auraient pas servi à grand-chose, d'autant qu'il devait aussi protéger Matilda.

Le curieux bonhomme qui se tenait devant la porte n'était pas plus grand que lui et tout aussi maigre. Il avait la peau blême caractéristique de son espèce, et sa bouche étirée en un mince sourire dévoilait ses canines pointues. Il n'en avait pas une, mais trois de chaque côté.

Comme tous les warlacks, il portait un habit noir, mais les manches de sa veste et les jambes de son pantalon étaient beaucoup trop courtes. Ses cheveux noirs, partagés par une raie au milieu, étaient soigneusement aplatis sur son crâne. Il avait des oreilles pointues, un nez crochu ; ses

yeux ronds étaient bordés de rouge, ce qui lui donnait l'air d'avoir pleuré. Et un petit nuage noir flottait au-dessus de sa tête.

Tous les warlacks que Mignus avait rencontrés étaient accompagnés de leur nuage. Habituellement, celui-ci était trop encombrant pour pénétrer dans les maisons. Il restait dehors, et la pluie ne tombait plus sur la tête du warlack mais sur le toit.

Ce warlack-là n'avait pas de chance : son nuage, pas plus large que la main, pouvait le suivre partout en lâchant sur lui une bruine ininterrompue ; ses cheveux et ses épaules étaient imprégnés d'humidité, et de la mousse verdissait le col de sa veste.

Mignus remarqua tout cela en une fraction de seconde. Horrifié, il s'apprêtait à claquer la porte au nez du bonhomme quand celui-ci demanda :

– Mump ?

Le garçon suspendit son geste :

– Hein ?

Le warlack soupira, impatienté :

– Mump ? Tu ne t'appelles pas Mump ?

– Non, je m'appelle Mignus.

– Bizarre. M. Jugg a dit que c'était Mump. Ça ne fait rien, je t'appellerai Mump. M. Jugg a dit j'étais à ton ssservice.

– Hein ?

– Tu es sssourd ou quoi ? JE SSSUIS À TON SSSERVICE !

Tinker, ayant attentivement observé la créature, décida qu'il était temps d'intervenir. Il se mit à grogner en retroussant les babines avec férocité.

Le warlack l'examina du coin de l'œil :

– Je n'aime pas ça, Mump. Ordonne-lui d'arrêter, sssinon je vais sssouffler sssur lui.

Bizarrement, Mignus ne trouvait pas le bonhomme très effrayant. Il était si malingre, si mouillé sous son nuage de pluie ridicule que le garçon se sentit assez de courage pour sortir dans le couloir et fermer la porte derrière lui. Les grondements de Tinker en furent à demi assourdis.

– Qui êtes-vous ? interrogea Mignus.

Le petit warlack bomba le torse et répondit d'un ton important :

– Je sssuis Ignace Tatillon.

– Et que faites-vous ici ?

Le bonhomme écarquilla les yeux, la mine outrée :

– J'y habite, c'est ma maison !

– Je croyais que le château appartenait à M. Jugg.

Ignace Tatillon secoua la tête avec irritation, envoyant des gouttes d'eau dans la figure de Mignus :

– Eh bien, oui, il appartient à M. Jugg. Il n'empêche que c'est ma maison, et qu'on m'emploie pour *vadrouiller* ici.

– Vadrouiller ?

– Oui, m'occuper de tas de choses.

– Vous voulez dire « travailler » ?

– C'est ce que j'ai dit.

Apparemment, le petit warlack employait souvent un mot pour un autre. Il battit lentement des paupières, comme s'il ne savait plus où il en était. Le silence se prolongea ; on n'entendait plus que les grognements furieux de Tinker derrière la porte. Enfin, Ignace Tatillon siffla :

– Fais-le taire, Mump ! Fais-le taire, sssinon je sssouffle sssur toi !

Mignus déclara alors, de sa voix la plus tranquille :

– Eh bien, si M. Jugg a dit que vous étiez à mon service, je vous ordonne de ne pas souffler, voilà.

Le bonhomme parut réfléchir intensément. Puis il admit :

– D'accord. Mais, sssi je sssouffle, tu verras ce que ça fait !

Le garçon estima que le silence était la meilleure réaction. Au bout d'une minute, jugeant sans doute que Mignus n'était pas très impressionné, Ignace Tatillon ajouta :

– Tu voudrais bien sssavoir ce que ça fait quand je sssouffle, hein ?

Mignus haussa les épaules avec autant d'indifférence que possible. Le bonhomme approcha son visage du sien :

– Ça tue !

– Quand vous soufflez sur les gens, ils meurent ?

Ignace Tatillon secoua la tête si fort que Mignus fut de nouveau aspergé d'eau :

– Non, non, non ! Pas sssur les gens ! On a de gros ennuis sssi on tue les gens !

Il se pencha encore et exhala son haleine de warlack, qui sentait le rat crevé, le matelas moisi et la vieille basket. Toutefois, celle des autres warlacks que le garçon avait connus était nettement pire.

– Les insssectes ! siffla-t-il. Je tue les insssectes avec mon sssouffle !

Il se redressa avec orgueil :

– J'ai déjà tué des millions et des millions d'insssectes !

Puis une nouvelle pensée parut lui traverser l'esprit. Il jeta un coup d'œil vers le fond du couloir et ajouta :

– Bon, on y va ?

– Où ça ?

– À la *cousine*. M. Jugg a dit que je devais vous préparer le petit déjeuner.

– À la cuisine ?

– C'est ce que j'ai dit.

Tinker grattait frénétiquement derrière la porte ; Mignus lui ouvrit. Le chien sortit en trombe avec des aboiements furieux qui signifiaient clairement : « Viens te battre avec moi si tu l'oses ! »

Le garçon se pencha pour le caresser :

– Calme-toi, Tinker ! On va manger.

Tinker comprenait un certain nombre de mots : « assis », « couché », « sois sage ». Son préféré était sans hésitation « manger ». Son bout de queue se mit aussitôt à frétiller. Mignus entra dans la chambre et saisit les poignées de la poussette :

– Petit déjeuner, Tilly !

Matilda approuva en tapant dans ses mains. Son frère l'amena dans le couloir. Ignace Tatillon eut une expression d'extrême étonnement :

– C'est qui ?

– C'est ma sœur, Matilda. On la surnomme Tilly.

Le warlack et le bébé se dévisagèrent quelques secondes. Puis Matilda conclut que ce bonhomme était tout à fait drôle, et un grand sourire découvrit ses petites dents.

Ignace Tatillon bondit en arrière :

– Pourquoi elle fait ça ?

– Parce que vous lui plaisez, supposa Mignus.

Cette réponse plongea le warlack dans une intense réflexion. Il grimaça, s'apprêta à dire quelque chose ; puis il se ravisa, pivota sur ses talons et s'élança en faisant signe au garçon de le suivre.

Ils parcoururent plusieurs couloirs ; ils décrivirent tant de tours et de détours que Mignus eut plusieurs fois l'impression qu'ils revenaient sur leurs pas. Ils passèrent sous des arcades, bifurquèrent encore avant d'arriver enfin devant une lourde porte en bois renforcée de gros clous à tête carrée. Ils entrèrent dans une salle voûtée. Un fourneau noir comme on en voyait dans les cuisines d'autrefois trônait contre un mur. Une large table en pin occupait le centre de la pièce. Elle devait être très ancienne car le dessus en était usé, rayé, raviné. Des chaises paillées étaient disposées autour. Des pots en étain et des casseroles en cuivre pendaient à des crochets, et il y avait un grand évier taché de rouille.

Ignace Tatillon se posta devant le fourneau, les bras croisés, et demanda d'un ton sévère :

– Qu'est-ce que je vous sssers ?

– Euh… Pourrais-je avoir des tartines grillées ? Avec du beurre et de la confiture ? Et un verre de lait ? Pour Matilda, de la bouillie au chocolat, s'il vous plaît.

Ignace Tatillon renifla sans rien dire.

– Tinker mange des croquettes pour chien. En avez-vous ? Avec une écuelle d'eau, s'il vous plaît.

Le warlack renifla de nouveau. D'un geste, il invita Mignus à s'asseoir. Le garçon obéit et tira la poussette près de lui. Tinker s'installa à ses pieds, fixant le bonhomme d'un regard plein d'espoir. Celui-ci se dirigea vers une porte. En se penchant, Mignus aperçut un cellier garni d'étagères.

Ils attendirent plusieurs minutes tandis que retentissait un bruit de vaisselle et de casseroles remuées. Enfin, Ignace Tatillon réapparut, portant un plateau chargé d'une assiette, de deux bols et de deux écuelles en métal.

Il avança jusqu'à la table, déposa une assiette et un bol devant Mignus, l'autre bol devant Matilda. Puis il plaça les écuelles sur le carrelage, sous la truffe de Tinker.

Se redressant avec un sourire malveillant, il déclara :

– Le petit déjeuner est ssservi !

Mignus ouvrit des yeux ronds. Son assiette contenait une brique poussiéreuse, encore maculée de ciment. Son bol était rempli à ras bord d'un liquide transparent dont l'odeur nauséabonde lui rappelait quelque chose.

– C'est quoi ? fit-il en désignant le breuvage.

Le petit warlack hocha la tête d'un air narquois :

– Du bon *thé à la benthine* ! Bois !

De la térébenthine ! La mère de Mignus, qui faisait de la peinture à l'huile à ses heures perdues, nettoyait ses pinceaux avec ce produit. Le garçon savait combien c'était toxique. Et voilà que Matilda tendait sa main potelée pour attraper son bol. Il s'empressa de le mettre hors de sa portée.

Tinker flairait ses écuelles en gémissant doucement. Son menu était le même : brique et térébenthine.

– Mangez ! Buvez ! gloussa Ignace Tatillon.

Le garçon réfléchissait à toute vitesse. Il reconnaissait bien là la méchanceté habituelle des warlacks. Cependant, le bonhomme ne lui paraissait guère dangereux. Ceux qu'il avait affrontés à Fou-Rire-Land, Griswold Gristle, le juge Cédric Jackpot, Scab Dandy, Frognel Molace, Buford Matrak et le couple Zagret, étaient autrement redoutables. Ils avaient mis sa vie en danger. Quant à son horrible tuteur, Basil Tramblebone, il avait essayé de le transformer en cafard. Cependant, tous avaient une chose en commun : ils n'étaient pas très futés. Mignus huma son assiette :

– Hmmm ! Ça a l'air bon !

Il passa un doigt sur la brique, puis le lécha bruyamment. Le goût de ciment lui emplit la bouche.

– Hmmm ! Délicieux !

Ignace Tatillon parut décontenancé :

– Hein ?

– Le meilleur des petits déjeuners ! Mille mercis de ne pas m'avoir servi ces tartines dégoûtantes, pleines de beurre et de confiture, qu'on me force à avaler à la maison ! J'ai demandé ça parce que je croyais que c'était obligé. En vérité, je déteste ! Et Tilly aussi ! Elle déteste la bouillie au chocolat ! Pareil pour Tinker ! Des croquettes pour chien, berk ! Mais des briques et de la térébenthine, c'est un régal ! Merci ! Merci beaucoup !

Ignace Tatillon frotta ses mains pâles l'une contre l'autre, et son regard de poisson passa des enfants au cellier. Il se creusait visiblement la cervelle. Or, Mignus avait tout lieu de croire que sa cervelle ne contenait pas grand-chose.

Soudain, sans un mot, le bonhomme remit assiette, bols et écuelles sur le plateau et le remporta dans le cellier. Il y eut de nouveau force bruits de vaisselle remuée, de portes de placard claquées, d'emballages déchirés.

Quelques minutes plus tard, Ignace Tatillon revenait fièrement, son plateau bien chargé. Il clama avec un air de triomphe :

– Voilà ! Mangez ça sssi vous osez !

Il déposa devant Mignus une assiette pleine de tartines grillées à point, une soucoupe de confiture, une autre de beurre, et un grand verre de lait. Matilda eut un bol de bouillie au chocolat, et Tinker observa avec intérêt son écuelle emplie à ras bord de croquettes à la viande.

Mignus fit une moue dégoûtée :

– Berk ! Vous voulez nous rendre malades ?

Ignace Tatillon en sautilla de joie :

– Vous allez avaler tout ça sssans faire d'hissstoire, hein ! Sssinon je sssouffle sur vous ! Allez ! Mangez !

Mignus poussa un énorme soupir. Jetant un coup d'œil à Matilda, il constata avec soulagement que la petite se comportait comme à l'ordinaire avec la nourriture : elle y plongeait les mains et s'en fourrait partout, sauf dans la bouche. Le garçon n'avait plus qu'à espérer que Tinker lui jouerait sa petite comédie habituelle : attendre que son jeune maître lui accorde un morceau de tartine beurrée avant de s'occuper de ses croquettes. Et c'est ce qu'il fit. Il pencha la tête de côté et prit sa mine implorante de misérable-chien-affamé-à-qui-on-ne-donne-rien-de-bon-à-manger.

– Pauvre Tinker ! gémit Mignus en beurrant abondamment une tartine d'un air résigné. Il déteste les croquettes autant que moi le pain grillé !

– C'est un vilain chien, ça ! Je sssuis obligé de sssouffler sssur lui.

Avant que Mignus ait le temps d'intervenir, le warlack prit une grande inspiration et relâcha son haleine sur le museau de Tinker.

Intéressant. J'ai déjà senti cette odeur. Plus forte, mais c'était bien la même. Et... tiens ? Que sont devenus mes grattouillis ?

Tinker ressentait presque en permanence une forte démangeaison derrière l'oreille droite et des tas d'autres un peu partout. Ça l'obligeait à s'asseoir sans arrêt pour se gratter avec vigueur. Et voilà que, soudain, il en était débarrassé. La puce qui habitait depuis des mois derrière son oreille venait de tomber raide morte sur le carrelage, ainsi que des dizaines d'autres minuscules parasites invisibles à l'œil nu. Le souffle empoisonné du warlack les avait anéantis, et Tinker se trouvait pour la première fois libéré de ces hôtes exaspérants.

– Ça lui apprendra, marmonna Ignace Tatillon.

À la grande satisfaction du petit warlack, Tinker cessa d'attendre sa bouchée de pain. Il renifla les croquettes, en saisit une entre les dents et se mit à la mâcher pensivement.

Mignus mangeait ses tartines l'une après l'autre sans cesser de geindre et de soupirer, tout en surveillant le warlack du coin de l'œil. Ignace Tatillon ne semblait pas représenter un gros problème. Néanmoins, le garçon était curieux d'en apprendre plus sur ses pouvoirs.

– Puis-je vous... Pouah ! Ce beurre est infect ! Puis-je vous poser une question ?

– Bien sssûr ! répondit le bonhomme.

– Oh, cette confiture, berk ! Je... je me demandais quels sorts vous savez jeter ? Quand vous n'utilisez pas votre souffle extraordinaire, bien entendu.

Le visage du bonhomme afficha une profonde tristesse.

– Aucun, avoua-t-il. Plus maintenant. On ne me le permet plus.

Des deux mains, il abaissa son col, dévoilant le collier de métal qui enserrait son cou maigre.

« Un anneau absorbeur ! reconnut Mignus. Il ne peut donc pas nous faire de mal avec sa magie ! »

– Hmmm… Mais quelle sorte de sorts jetiez-vous, avant ?

Ignace Tatillon se frotta le nez d'un geste embarrassé. Puis, à voix basse, il avoua :

– Je n'en connaisssais qu'un.

– Et à quoi servait-il ?

Le warlack grommela une réponse incompréhensible en se balançant d'un pied sur l'autre.

– Pardon ? Je n'ai pas saisi.

– À ouvrir des choses. Les portes, tout ça…

Mignus leva un sourcil intrigué :

– Moi aussi, je peux ouvrir les portes. Il suffit de tourner la poignée et…

– Ne sssois pas idiot, Mump ! le coupa Ignace Tatillon. J'étais capable de les ouvrir quand elles étaient *dérouillées*.

– Verrouillées ? Ah, très intéressant !

– N'est-ce pas ? Que veux-tu sssavoir d'autre ?

– Eh bien, je me demandais depuis quand vous habitez ici.

Les gens aiment qu'on s'intéresse à eux, et le petit warlack n'échappait pas à la règle :

– Depuis que j'ai été *après-denté*.

– Après quoi ?

Ignace Tatillon fronça les sourcils :

– « Après-denté » signifie… euh… qu'on a fait quelque chose de mal et qu'on est… euh… arrêté.

– Ah, appréhendé ?

– C'est ce que j'ai dit, grommela le warlack, agacé. Cessse de *m'interbarrer* !

– Vous interbarrer ?

Cette fois, Ignace Tatillon abattit ses deux poings sur la table si violemment qu'il lâcha : « Ouille ! »

Fixant sur le garçon un regard furibond, il siffla :

– Comment veux-tu que je raconte mon hissstoire, sssi tu m'interbarres tout le temps ?

– Excusez-moi, fit Mignus. Je ne vous interromprai plus.

Et il se mordit la lèvre pour s'empêcher de rire. En vérité, le pauvre Ignace Tatillon lui paraissait soudain si pathétique qu'il en avait de la peine pour lui. C'était bien la première fois qu'il ressentait cela pour un warlack !

– Où en étais-je ? reprit le bonhomme. Ah, oui ! Donc, j'ai été après-denté parce que j'avais fait quelque chose de mal. J'avais *cabriolé* la maison de ce vieil enchanteur. J'avais pris des choses qui ne m'appartenaient pas. Je suis un *cabrioleur*, vois-tu !

Mignus hocha la tête :

– Un cambrioleur, oui, je comprends.

Le cerveau du garçon carburait à cent à l'heure : ainsi, ce lamentable petit personnage n'avait jamais su lancer qu'un seul sort, et il en était désormais privé. Il devait être aussi nul comme voleur que comme warlack !

– J'étais là, occupé à cabrioler, continua Ignace Tatillon, quand ce puisssant enchanteur m'est tombé desssus. Il m'a jeté un sssort qui m'a complètement *pétrilysé*. Pourquoi tu ris ?

– Je ne ris pas, je tousse, hoqueta Mignus en cachant sa bouche derrière sa main. C'est une affreuse bouchée de pain qui s'est coincée dans ma gorge… Continuez !

– Je ne pouvais plus bouger du tout. Alors, ce puisssant enchanteur, *Octavache*…

Le garçon sursauta :

– Le juge Octavo ?

– Le juge Octavache, parfaitement ! Il a été très gentil. Il m'a préparé du thé, il m'a donné un bissscuit. Puis cet autre enchanteur est arrivé, avec une dame. Ils étaient jeunes, eux, pas comme Octavache. Le jeune enchanteur m'a posé des tas de quessstions. Après, il m'a dit qu'il allait m'obtenir *cent tassses de menthe*. Oui, c'est ce qu'il a dit.

Mignus eut beau réfléchir intensément, il ne comprit pas ce que ça signifiait. Mais, comme Ignace Tatillon semblait plutôt satisfait, il commenta :

– C'était… euh… très gentil à lui.

– Oh oui ! Mais ce n'est pas lui que j'avais cabriolé, hein ? J'avais cabriolé le vieil Octavache. Je me sssouviens même de son nom. Le jeune enchanteur, il sss'appelait Sssimon Wisard.

Cette fois, Mignus sauta de sa chaise :

– Simon Wisard ? C'est mon père !

– Ton père ?

– Oui ! Et la dame qui l'accompagnait devait être ma maman, Muriel Wisard.

Le warlack plissa le front, le temps que cette nouvelle information pénètre dans son minuscule cerveau. Puis son visage s'éclaira :

– Alors, tu t'appelles Mump Wisard ?

– Mignus Wisard.

Le bonhomme agita une main dans les airs :

– C'est pareil ! Mais, sssi Sssimon Wisard est ton papa, ça change tout !

– Vraiment ? fit Mignus, curieux de savoir en quoi consisterait ce changement.

Ignace Tatillon sourit en montrant toutes ses dents :

– Oui ! Ça sssignifie que je t'aime bien ! Parce que ton papa a été gentil, vois-tu ! Grâce à lui, j'ai eu cent tassses de menthe ! C'est pour ça que j'habite ici, maintenant, au lieu d'être…

Il promena autour de lui un regard méfiant avant de chuchoter à l'oreille de Mignus :

– Au lieu d'être enfermé *là-bas*…

– Où ça, là-bas ?

Le warlack se tapota le nez d'un air mystérieux. Puis il cligna de l'œil et marmonna :

– Il ne faut pas poser la quessstion, hein !

– Oh, c'est vrai, approuva Mignus comme s'il s'en souvenait soudain.

D'un geste vif, Ignace Tatillon ramassa l'assiette, le verre, les bols et l'écuelle du chien, à présent vides. Il les remit sur le plateau en s'excusant :

– Je ne vous donnerai plus jamais ces mauvaises choses à manger. Vous aurez une bonne brique et du bon thé à la bentine tous les matins !

Aïe ! Mignus devait réagir tout de suite. Il opta pour la vérité :

– Oh, c'était une blague ! En vérité, les briques et la térébenthine, je déteste ça. Tilly et Tinker aussi.

Le warlack le dévisagea un instant, interloqué. Puis il s'esclaffa :

– Une blague ? Hahahahahahaha ! Hihihihihihihi ! Huhuhuhuhuhu !

Il se plia en deux de rire. Puis il hoqueta en s'essuyant les yeux :

– Je t'aime bien, toi. Tu peux me tutoyer. Et m'appeler Iggy.

– Iggy ?

– Oui, c'est mon petit nom.

– Ah…, oh…, d'accord, Iggy.

C'était une expérience inattendue, pour Mignus, d'être en bons termes avec un warlack. Sachant toutefois combien ces créatures étaient imprévisibles, il préféra rester méfiant. Pour commencer, il avait un désir à formuler ; comment Iggy allait-il réagir ?

– Iggy, est-ce que… heu… Est-ce qu'on peut visiter le château ?

– Visiter *mon* château ?

Apparemment, personne n'avait jamais rien demandé de tel à Ignace Tatillon, car son visage se plissa en une succession de grimaces perplexes. Finalement, il afficha un large sourire :

– On peut ! Mais ssseulement l'intérieur, hein ! On n'a pas le droit de sssortir. C'est interdit.

Pendant l'heure qui suivit, Mignus trimbalant Matilda dans sa poussette, Tinker sur ses talons, suivit Ignace Tatillon le long de couloirs qui serpentaient interminablement. Tous se ressemblaient, avec leur sol pavé et leurs murs lambrissés. Mignus n'arrivait pas à se repérer, il avait l'impression de se perdre dans un immense labyrinthe. Finalement, Iggy poussa une porte et dit :

– Voici la chambre de M. Jugg.

La pièce ne présentait rien d'intéressant. Elle était à peine meublée, avec une salle de bains exiguë. Il y avait là ce que l'on trouve habituellement dans une salle de bains, mais Iggy tint à tout montrer à Mignus :

– Voici la baignoire de M. Jugg, et le lavabo de M. Jugg. Ça, c'est la ssserviette de M. Jugg, le sssavon de M. Jugg...

Il continua ainsi comme s'il récitait une liste de courses. Cependant, certains objets attirèrent l'attention du garçon : une petite boîte ronde en argent, contenant de la poudre compacte, ainsi qu'une petite brosse. Muriel avait les mêmes sur sa table de toilette, au manoir Merlin. Elle s'en servait pour se colorer les joues dans les rares occasions où elle se maquillait.

« Tobie Jugg aurait-il une petite amie... ? » s'interrogea Mignus.

Lorsqu'ils ressortirent dans le couloir, Mignus demanda :

– Et toi, Iggy, où dors-tu ?

L'idée de dormir sous le même toit qu'un warlack, même aussi inoffensif que celui-ci, avait quelque chose d'inquiétant, et Mignus désirait savoir à quelle distance sa chambre se trouvait de celle d'Ignace Tatillon.

Le visage blême du bonhomme s'illumina :

– Tu veux voir ma chambre ? Alors, sssuis-moi !

Il s'élança à toute allure, obligeant Mignus et Tinker à courir derrière lui. Matilda, ravie, poussait de petits cris de joie en agitant ses jambes potelées.

Ils parcoururent des séries de corridors qui tournicotaient sans fin, passèrent devant une succession de portes fermées. Le garçon observa que cette partie du château était très mal entretenue. Des taches d'humidité maculaient le plafond, les boiseries se fendaient, des toiles d'araignées pendaient dans les coins. Les couloirs sombres devenaient de plus en plus sinistres. Mignus ressentit un pincement d'anxiété : il n'avait aucune idée de l'endroit où il se trouvait, et aurait été incapable de regagner sa chambre.

Il rattrapa le warlack et tapota son épaule mouillée :

– C'est encore loin, Iggy ?

Celui-ci fit signe que non et désigna le bout du couloir. Ils étaient dans un cul-de-sac. Vingt mètres plus loin, un mur de briques fermait le passage. Au pied du mur, il y avait une vieille caisse en contreplaqué, tournée sur le côté et baignant dans une petite mare d'eau. Une mousse verdâtre mangeait le mur tout autour de la caisse.

– Voilà ! déclara Iggy avec fierté. C'est là que je dors.

– Tu dors dans une boîte ?

– Oui ! Regarde, je vais te montrer.

Il se plia en deux et se tortilla pour entrer dans la caisse. Il n'y tenait qu'en remontant les genoux sous son menton.

– Tu vois ?

Mignus comprit alors pourquoi Ignace Tatillon dormait dans cette caisse : il n'y avait pas assez d'espace pour que le petit nuage le suive à l'intérieur. La bruine constante ne mouillait plus la tête du warlack mais seulement le dessus de la caisse.

– Tu vois ? répéta-t-il. Je sssuis au sssec. J'ai de la chance, hein !

Ses paupières clignèrent à plusieurs reprises, avant de se fermer tout à fait.

– Iggy ? appela Mignus.

Le warlack agita la main.

– Va-t'en, Mump, marmonna-t-il d'une voix ensommeillée. On a fait une longue *pommade*, je sssuis fatigué. J'ai besoin d'une petite sssiessste.

– Mais..., comment je vais retourner dans ma chambre ?

Iggy ouvrit un œil :

– Tu mets un pied devant l'autre et tu recommences. Tu continues comme ça jusqu'à ta chambre.

– Mais..., je ne sais pas par où on passe.

Iggy siffla d'un ton impatienté :

– Tu sssuis le même chemin qu'à l'aller. Va-t'en, maintenant ! Laissse-moi !

Sa paupière retomba et il commença à ronfler. Il faisait semblant de dormir, c'était évident. En tout cas, il n'y avait plus rien à attendre de lui.

– Viens, Tinker, soupira Mignus. Tâchons de nous retrouver.

Dix minutes plus tard, le garçon comprit qu'il s'était perdu. Il avait suivi différents couloirs, était passé devant plusieurs portes qu'il avait cru reconnaître. Puis il avait abouti dans un vestibule qui ne lui rappelait rien du tout. Il y faisait particulièrement sombre. Mignus s'efforça de réfléchir. Non seulement il ne savait pas où était située sa chambre, mais il n'aurait même pas su retourner jusqu'à la caisse d'Iggy. Il regarda Tinker, qui l'observait, la tête penchée. Et il eut une idée.

– Tinker, dit-il, tu n'as pas besoin de sortir ? Hein ? Sortir ?

« Sortir » était l'un des mots que le chien comprenait parfaitement. Au manoir Merlin, il était synonyme de grand air et d'herbe douce sous les pattes. Ici, dans ce lieu obscur, il n'évoquait qu'un seul endroit.

Tinker poussa un petit jappement, il s'étira. Puis il fit demi-tour et partit au galop. Mignus s'élança derrière lui, poussant à toute allure une Matilda toujours aussi ravie.

Tinker vira soudain dans un couloir plus étroit dont le sol était garni d'un plancher défoncé. Le garçon se souvint qu'il avait eu du mal à y faire rouler la poussette. Et cette tache en forme d'éléphant, sur le mur ! Ils étaient passés par là avec Iggy. Mignus sentit son moral remonter.

Pour Tinker, le risque de s'égarer n'existait pas. Il suffisait de garder la truffe baissée, de renifler les odeurs qu'on avait laissées en venant, et on retournait à son point de départ. C'est ainsi qu'il ramena Mignus jusqu'à la porte du jardin intérieur. Après quoi, ils n'eurent aucun mal à regagner leur chambre.

Les heures suivantes s'écoulèrent lentement. Mignus s'ennuyait. Matilda jouait sur le tapis avec le chien. Le garçon examina les livres de la bibliothèque. Reliés en cuir et poussiéreux, ils portaient des titres comme *La comptabilité expliquée aux enchanteurs* ou *Les sorciers et les lois de l'accession à la propriété*.

Mignus alla s'asseoir devant la fenêtre et contempla la pelouse vide, le lac aux eaux immobiles, la ligne noire de la forêt. Pas une feuille ne bougeait.

« Que c'est calme, ici ! songea le garçon. Il n'y a pas un souffle de vent. »

Chez lui, au manoir Merlin, même au beau milieu de la nuit, on entendait le chuchotement de la brise à la cime des arbres, l'aboiement lointain d'un chien, le doux hululement d'une chouette. Des bruits légers, mais des bruits.

Ici, rien. Il régnait dans le château Caltrop un profond silence. Un silence *de mort*.

Or, derrière la porte de la chambre, quelque chose se produisait.

Quelque chose qu'on n'entendait pas.

Des transformations.

Silencieuses.

8. Transformations

La matinée passa ainsi.

Au début de l'après-midi, Mignus sortit d'un rêve éveillé où il avait sauvé ses parents menacés par une armée de dragons crachant le feu. Il remarqua alors que Tinker avait délaissé Matilda. Il s'était posté devant la porte, l'air implorant.

– D'accord ! On retourne au jardin.

Il assit Matilda dans sa poussette. Puis il ouvrit la porte.

Il resta pétrifié, les yeux écarquillés, la bouche béante.

Le couloir, devant lui, était... complètement différent !

Son sol était toujours carrelé de pierres usées, ses murs recouverts de sombres boiseries. Mais, alors que le matin il menait à droite et à gauche, il s'allongeait à présent droit devant, de sorte que la chambre de Mignus était l'une des extrémités.

– Comment est-ce arrivé, Tinker ? souffla le garçon, ahuri.

À cet instant, le petit chien posa sa truffe au ras du carrelage et partit au trot. Mignus n'avait d'autre choix que de le suivre.

Ils parcoururent de nouveau une succession de corridors qui semblaient familiers au garçon, sauf qu'ils n'étaient plus dans le même sens. Ils longeaient des portes qu'il reconnaissait, bien qu'elles aient changé de place. C'était extrêmement perturbant. Mignus se souvenait que l'armure était près d'une haute porte en arceau. Maintenant, il n'y avait plus de porte, et l'armure était de l'autre côté du couloir, qui tournait vers la droite alors que le matin il bifurquait vers la gauche.

Rien de tout ça ne semblait troubler Tinker. Le nez au sol, il suivait simplement les traces odorantes qu'avaient laissées ses pattes et les semelles de Mignus. Du moment que celles-ci étaient toujours les mêmes, le reste lui importait peu.

C'est ainsi qu'ils se retrouvèrent tous les trois devant la porte avec l'inscription JARDIN peinte en lettres d'or. Le grand tableau représentant le duc de Touffol était encore là, sauf qu'il était accroché à droite de la porte au lieu d'être sur le mur d'en face.

Mignus découvrit alors une autre modification. *Dans* le tableau, le duc n'y était plus. À l'endroit où il aurait dû se tenir, devant l'arbre, il ne restait qu'une large tache, comme si on avait frotté la toile, ne laissant qu'une traînée de peinture sombre. En arrière-plan, le champ où paissait un troupeau de vaches était vide, effacé. Et dans l'ouverture ténébreuse de la grotte, tout au fond, les deux yeux jaunes et obliques qui rappelaient ceux d'un chat avaient disparu aussi.

Le garçon fixait le tableau saccagé en se demandant qui avait pu faire ça, et pourquoi. Sentant quelque chose de chaud lui toucher la cheville, il baissa les yeux. Tinker levait vers lui un regard impatient qui signifiait clairement : « On y va, dans ce jardin, oui ou non ? »

Mignus ouvrit la porte, et le petit chien se faufila aussitôt par l'entrebâillement. Mignus le suivit et se sentit soulagé : le jardin paraissait identique. Il fit rouler la poussette de Matilda jusqu'à un banc de pierre, sur lequel il s'assit. Il avait besoin de réfléchir. Était-il devenu fou ? Comment un bâtiment aussi solide et aussi ancien que le château Caltrop avait-il pu transformer toute sa structure ? Pourquoi quelqu'un avait-il effacé les personnages du tableau ?

« Non, je ne suis pas fou, songea Mignus. Il m'est déjà arrivé des choses extraordinaires. J'ai été miniaturisé, j'ai été poursuivi par des chevaux de bois, j'ai rencontré un dragon et son dragodon... Je suis seulement tombé dans un endroit très bizarre ; ce n'est pas la première fois, et ce ne sera sûrement pas la dernière. »

Quand le petit chien eut fini son tour de jardin, le garçon quitta le banc, et ils retournèrent dans le couloir.

– J'espère que tu retrouveras le chemin, Tinker, dit Mignus, parce que je n'en suis pas capable, et Matilda encore moins.

C'est alors que le premier cri retentit.

Il venait de loin, mais il vibrait de terreur et de désespoir.

Il y eut un deuxième cri. Puis un troisième. Tinker gronda.

Ces cris avaient quelque chose de familier. C'étaient exactement ceux que pouvait produire la gorge maigrichonne d'un petit warlack paniqué.

– C'est Iggy ! Il est en danger ! Viens, Tinker ! Courons à son secours !

Il leur fallut vingt bonnes minutes pour localiser Ignace Tatillon. Ils le trouvèrent enfin, recroquevillé dans l'embrasure d'une porte, la tête dans les bras, gémissant de terreur.

Mignus s'agenouilla près de lui et posa la main sur son épaule mouillée. Le malheureux poussa un glapissement et enfouit plus profondément encore son visage dans ses bras.

– Ce n'est que moi, Iggy ! le rassura le garçon.

Ignace Tatillon releva la tête et entrouvrit ses yeux de poisson.

– Mu… Mu… Mump ? bredouilla-t-il d'une voix apeurée.

– Oui, Iggy, c'est moi, Mignus. Tout va bien.

Iggy attrapa la main du garçon et la serra entre ses longs doigts froids :

– Il sss'est passsé quelque chose, Mump. Quelque chose d'affreux ! Je ne sssais plus où je sssuis. Je ne sssais plus retrouver ma caissse, ni rien du tout ! Qu'est-ce qui est arrivé, Mump ?

– Je n'en ai pas la moindre idée, Iggy. Ça doit être une sorte de magie. Les couloirs, les portes, tout a changé de place. On dirait que le château s'est complètement… réarrangé.

Ignace Tatillon écarquilla les yeux.

– Oooooh ! gémit-il. Il n'avait jamais fait ça, avant !

Le petit warlack se mit à sangloter :

– On va mourir, Mump ! On va mourir de faim sssi on ne trouve plus la cousine !

– La cuisine ?

– Oui, tu sssais bien ! Là où il y a de quoi manger !

À cet instant, Matilda s'agita dans sa poussette.

– Cubba dougui woump ! déclara-t-elle.

Mignus vit qu'elle battait des pieds avec vigueur. Le garçon savait ce que ça signifiait : sa petite sœur avait besoin d'un câlin.

Il détacha les sangles de sécurité :

– Allez, viens, Tilly !

Il la souleva. Mais, au lieu de l'attraper par le cou comme elle le faisait habituellement, elle désigna le sol.

– Qu'est-ce qu'il y a, Tilly ?

– Cubba dougui woump ! insista-t-elle.

Il n'y avait là qu'Iggy, assis par terre, le dos contre le mur. Le bébé battait des pieds plus fort que jamais. Mignus se pencha donc et déposa sa sœur à côté du warlack. Celui-ci leva son nez rougi et fixa l'étrange petite créature qui lui tendait les bras, sa bouche entrouverte laissant deviner six petites dents couleur de perle.

Ignace Tatillon recula :

– Qu'est-ce qu'elle veut, Mump ?

– Je crois qu'elle t'aime bien, Iggy.

Les yeux ronds du warlack s'arrondirent encore davantage :

– Elle m'aime ? Pourquoi ?

– Je ne sais pas. Mais, quand Tilly aime quelqu'un, elle veut toujours un câlin. Alors, laisse-la faire, sinon elle va se mettre à hurler, et tu vas avoir mal aux oreilles, je peux te l'assurer !

Lentement, prudemment, Iggy se pencha. Matilda entoura le cou maigre du warlack de ses bras, et il referma les siens autour d'elle avec raideur.

Matilda préférait les gens qui ne s'occupaient pas d'elle. Beaucoup trop souvent, des inconnus voulaient l'embrasser, lui tapoter la tête, lui gratouiller le menton, et elle détestait ça. Iggy n'avait rien fait de semblable. Il avait même évité de la regarder. Matilda avait apprécié. De plus, elle adorait patouiller dans le mouillé. Iggy, avec son petit nuage de pluie, lui plaisait donc particulièrement. Après l'avoir gratifié d'un gros câlin, elle frictionna ses cheveux à deux mains jusqu'à ce qu'ils se dressent en crête sur son crâne.

– Qu'est-ce qu'elle fabrique ? râla Iggy.

– Elle joue avec tes cheveux. Tu lui plais vraiment beaucoup.

Oui, Iggy plaisait à Matilda. Elle le trouvait amusant, et elle admirait le petit nuage au-dessus de sa tête. Il y avait cependant deux détails qu'elle avait envie d'arranger. Son haleine, d'abord. Elle agita les mains. Personne ne s'en aperçut, pas même Iggy, mais l'odeur de rat crevé, de matelas moisi et de vieille basket disparut d'un coup.

Les dents jaunes, aussi : ce n'était pas joli. Matilda était très fière des siennes. D'un geste, elle donna à celles d'Iggy la même teinte de perle. Cette fois encore, personne ne le remarqua.

Ayant lancé deux sorts de suite, la petite se sentit un peu fatiguée. Elle posa la joue contre la veste humide du warlack et s'endormit.

Iggy en bafouilla d'effroi :

– Est-ce qu'elle est… morte ?

Mignus contempla sa sœur :

– Non, elle dort.

– Qu'est-ce que je dois faire, alors ? demanda Iggy, décontenancé.

– Tu pourrais la porter un moment ? Elle est contente d'être portée par quelqu'un qu'elle aime bien.

Un sourire étonné éclaira le visage du warlack. Personne ne l'avait jamais aimé. Les gens qui le rencontraient s'empressaient même de ficher le camp le plus vite possible. Personne ne lui avait jamais fait de câlin, personne n'avait joué avec ses cheveux, personne ne s'était jamais endormi contre son épaule. Et, pour la première fois dans sa misérable petite vie, il ressentit de la tendresse envers un autre être.

– Mump, est-ce qu'elle ne va pas avoir faim ? s'inquiéta-t-il.

– Si, sûrement, quand elle se réveillera…

Le sourire d'Iggy s'effaça :

– Mais on est perdus, Mump ! On ne retrouvera pas la cousine !

Et il se remit à pleurer.

– Non, Iggy, ça ira, le rassura Mignus. Tinker va nous conduire.

Le warlack cessa aussitôt de geindre. Les coins de sa bouche se relevèrent, découvrant ses nouvelles dents toutes blanches. Alors seulement, Mignus les remarqua. Il resta interloqué une seconde, puis il comprit : c'était l'œuvre de Matilda. Il semblait donc que celle-ci s'endormait à chaque fois qu'elle avait utilisé la magie. Voilà qui était intéressant.

Iggy tira sur sa manche, interrompant le cours de ses pensées :

– On va à la cousine ? Parce que, sssi elle ssse réveille, elle aura faim, et elle me fera mal aux oreilles, comme tu as dit, hein ?

Mignus claqua des doigts :

– Tinker ? Manger !

Le petit chien remua la queue. Puis il flaira l'air autour de lui :

L'odeur de croquettes et de pain grillé, c'est pas là ! En route !

– Suivons-le, Iggy ! cria Mignus.

Il plia la poussette, la fourra sous son bras et s'élança derrière leur guide à quatre pattes. Iggy lui emboîta le pas, portant Matilda comme un verre d'eau qu'il aurait craint de renverser.

Ils empruntèrent un labyrinthe de couloirs interminables, tournèrent à droite, à gauche, encore à droite…

Soudain, Tinker s'arrêta si brusquement qu'Iggy faillit lui marcher dessus.

– Avance ! grommela le warlack en le poussant de la pointe de sa chaussure.

Mais le chien s'était figé, la fourrure hérissée du sommet de la tête jusqu'au bout de la queue. Il retroussa les babines et découvrit ses crocs en grondant.

– Qu'est-ce qu'il a ? chuchota Iggy.

– Il a senti une odeur qui ne lui plaît pas.

Le couloir où ils se trouvaient débouchait sur un autre, perpendiculaire, si bien qu'ils pouvaient prendre à gauche ou à droite, au choix. Avec mille précautions, Mignus avança jusqu'au croisement et tendit le cou pour regarder.

À gauche…

Rien.

À droite…

Là, il y avait quelque chose.

C'était grand. Très grand, en vérité. Avec une paire d'yeux qui brillaient dans l'obscurité.

La silhouette avança d'un pas, et Mignus resta bouche bée.

Le duc de Touffol ! Ce seul fait était déjà perturbant. Mais le plus incroyable, c'était que le personnage était visiblement fait *de peinture* ! Le garçon distinguait les fines craquelures sur son visage et sur ses habits, qui lui donnaient l'aspect d'un mort-vivant.

Mignus commanda à ses jambes de bouger. Elles obéirent difficilement. Pas à pas, il recula. Le duc sourit et, pas à pas, il avança, jusqu'à se trouver au beau milieu du croisement.

– Tiens, tiens ! fit-il. Qui avons-nous là ? Un petit garçon, un petit chien et un petit bonhomme portant dans ses bras une toute petite personne ! Que font-ils dans mon château ?

Le personnage peint sourit de nouveau. Tout à coup, son corps fut secoué de bizarres soubresauts. Interloqué, il baissa les yeux vers sa poitrine.

Une pointe de métal venait de percer l'habit écarlate de l'enchanteur. Levant la main, celui-ci toucha le bout de fer luisant qui dépassait de son torse. Il posa sur le garçon un regard incrédule. Puis il vacilla et tomba, comme un arbre abattu. Il s'étala sur le sol sans bruit et ne bougea plus. Une courte baguette de bois sortait de son dos, terminée par trois plumes noires.

Mignus eut l'impression que la Terre s'était arrêtée de tourner : plus un mouvement, plus un bruit, sinon celui de sa propre respiration. Puis, dans l'obscurité du corridor, deux points lumineux se mirent à briller.

Ils se rapprochèrent, et une forme courbée s'avança dans un frottement de pas traînants. Mignus sut aussitôt de qui il s'agissait : Gobin des Bois !

Le garçon recula.

Gobin des Bois avait une tête avec deux yeux, deux oreilles et une bouche ; il avait un corps doté de deux bras et de deux jambes. La ressemblance avec un être humain s'arrêtait là. La créature semblait faite de morceaux pris sur des personnes de tailles différentes et cousus ensemble n'importe comment. Sa peau de peinture craquelée, grumeleuse et verdâtre, évoquait celle d'un crapaud. Son crâne, pas plus gros qu'un pamplemousse, se terminait en pointe, et de rares mèches de cheveux gras retombaient devant sa face ronde. Ce visage, Mignus se le rappellerait toute sa vie en frémissant. Un bourrelet de peau tenait lieu de nez, sous la fente des yeux jaunes. Des crocs semblables à des pierres tombales de travers retroussaient le haut de la bouche sans lèvres. La mâchoire inférieure pendait comme celle d'un bouledogue. La tête reposait directement sur les épaules ; les bras musculeux se terminaient par des mains énormes, aux doigts déformés, aux longs ongles griffus et noirs de terre. Les pieds étaient d'une taille disproportionnée par rapport aux courtes jambes arquées. Plusieurs épaisseurs de haillons revêtaient ce corps difforme, et la créature tenait dans sa gigantesque poigne une arbalète massive en fer et en bois.

Gobin des Bois s'approcha du duc étendu sur le sol, inerte. Il le remua du bout de sa botte ; puis, constatant qu'il était bien mort, il cracha avec satisfaction sur la robe écarlate. Il dirigea alors l'éclat de ses yeux jaunes vers le garçon. Un sourire cruel dévoila un peu plus ses dents noircies. Sans un mot, il sortit une nouvelle flèche du carquois accroché derrière son épaule et l'encocha.

Mignus balaya les environs du regard à la recherche d'une issue. Il vit Iggy, plaqué contre le mur, qui serrait Matilda dans ses bras d'un geste protecteur. Tinker s'était figé, la queue entre les pattes.

Le garçon découvrit alors que le troupeau de vaches, qui occupait auparavant le fond du tableau, émergeait peu à peu de l'ombre.

Les vaches sont des bêtes aussi balourdes que curieuses. Celles qui étaient à l'arrière bousculaient donc celles du premier rang pour mieux voir. L'une d'elles heurta de son museau le bras de Gobin des Bois à l'instant où il visait. Son doigt appuya sur le mécanisme. La flèche siffla à travers le couloir, manquant Mignus d'un cheveu, avant de rebondir contre un mur.

Gobin des Bois eut un rictus contrarié ; il cracha de nouveau et se pencha pour retendre la corde de l'arbalète. Ce faisant, il disparut l'espace d'un instant au milieu des bovidés qui piétinaient sans but autour de lui. Mignus en profita pour reculer. Il remarqua alors que l'une des vaches, beaucoup plus grosse que les autres, s'était détachée du troupeau. Elle leva son mufle puissant et fixa sur le garçon des yeux rougeoyants.

Ce n'était pas une vache, mais un taureau. Énorme. Avec des cornes impressionnantes et un anneau de cuivre dans les narines. Il paraissait furieux.

Il balançait la tête, agitait la queue, grattait le sol du sabot. Puis il souffla bruyamment.

Mignus en savait assez sur les taureaux pour deviner ce qui se préparait. Laissant tomber la poussette, il cria :

– Courons !

Le taureau fut le premier à obéir. Bandant les muscles de ses pattes, il s'élança.

La peur, c'est connu, pousse des gens très ordinaires à faire des choses extraordinaires. Mignus courut plus vite qu'il avait jamais couru ; Iggy aussi, quoique encombré du poids de Matilda. Tinker avait toujours été rapide, il n'eut donc aucun mal à garder le rythme.

Mignus entendait derrière lui des halètements furieux et un fracas de sabots. Il courait, courait, tournant à gauche, à droite. Les bruits diminuaient peu à peu. L'animal, trop large pour négocier à pleine vitesse les nombreux virages que présentaient les corridors du château Caltrop, était obligé de ralentir. Cela donnait à deux humains maigrichons et à un fox-terrier véloce un avantage certain. Cependant, les chocs sourds sur le sol dallé étaient toujours audibles, et les fuyards continuaient de courir comme des dératés.

Dans quelle partie du château étaient-ils ? Mignus n'en avait pas la moindre idée. À en croire l'expression affolée d'Iggy, le petit warlack ne le savait pas davantage. Mais il fallait bien qu'ils aillent *quelque part* ; autant que ce soit dans la cuisine. Le flair de Tinker pouvait les y conduire.

Mignus lâcha, haletant :

– Manger, Tinker ! Manger !

Le chien prit le temps de renifler. Il capta tout de suite une lointaine odeur de pain grillé et de croquettes à la viande. Il reprit sa course, et Mignus nota avec satisfaction qu'il les entraînait dans une autre direction.

Le warlack et le garçon s'élancèrent à ses trousses. Après de multiples tours et détours, la porte de la cuisine se dressa enfin devant eux. Ils foncèrent à l'intérieur, et Mignus claqua violemment le battant. Repérant un gros verrou, sous la poignée, il le poussa. Puis, hors d'haleine, il appuya son oreille contre le bois.

Il perçut au loin une galopade assourdie qui se rapprochait peu à peu. Le taureau n'avait pas abandonné la poursuite. De plus, le reste du troupeau l'avait suivi, produisant un concert de mugissements. Plus près, de plus en plus près…

Soudain, les mugissements se turent. Il y eut un bruit de dérapage, un claquement de sabots, et un choc violent fit trembler la porte sur ses gonds. Mignus en sentit la vibration sur sa tempe. Il entendit l'animal renâcler derrière l'obstacle, reculer, s'arrêter, souffler encore, gratter le pavé. Mignus s'éloigna vivement :

– Il… il va charger !

Aussitôt, un tonnerre de sabots retentit. Dans une fraction de seconde, ce serait l'impact. Mignus courut au milieu de la cuisine. Iggy, tenant toujours Matilda, s'était réfugié derrière la table massive, Tinker à ses pieds.

À cet instant, la porte vola en éclats. L'énorme bête était là, au milieu des débris, les flancs couverts de sueur. De la vapeur sortait de ses narines dilatées, une flamme rouge dansait au fond de ses prunelles. Derrière lui, tassé dans l'étroit couloir, le reste du troupeau attendait que son chef se décide à entrer.

D'un bond, Mignus contourna la table, attrapa Iggy par la main et l'entraîna vers le cellier. Il tourna la poignée, mais la porte résista.

– C'est fermé, Iggy ! Où est la clé ?

Les yeux agrandis par la peur, le petit warlack désigna le mur d'un doigt tremblant. Juste à côté de la porte détruite, il y avait un crochet. À ce crochet pendait une clé rouillée. Mignus sentit son cœur sombrer dans sa poitrine. Entre la clé et lui se tenaient un taureau enragé et un troupeau de vaches énervées. La seule protection qu'il leur restait était une lourde table ; encore aurait-il fallu la tirer dans un coin pour se cacher derrière.

Le taureau souffla et gratta le sol. Puis il s'avança, tête baissée, et poussa la table du front. Elle dérapa en crissant sur le carrelage. L'animal engagea ses cornes sous le plateau. Les muscles massifs de son cou se gonflèrent, et il envoya le meuble valdinguer à travers la pièce. Il retomba bruyamment sur le côté, à un mètre de Mignus et d'Iggy, formant une sorte de barricade à l'abri de laquelle ils pouvaient se réfugier. Aussitôt, tous deux s'accroupirent et disparurent derrière.

Les taureaux ont aussi mauvaise vue que mauvais caractère. Ses victimes s'étant éclipsées, il chercha du regard autre chose à attaquer. Il n'y avait personne dans la pièce. Alors, il attaqua la pièce.

Cachés derrière la table renversée, Mignus et Iggy entendaient le vacarme qu'un troupeau de vaches mené par un taureau déchaîné peut produire dans une cuisine. Du bois éclatait, du fer résonnait, des casseroles et des poêles rebondissaient sur le carrelage, des chocs sourds ébranlaient les murs, tout ça mêlé à des mugissements affolés.

Ça faisait beaucoup de bruit. Tellement de bruit que Matilda se réveilla. Étroitement serrée dans les bras d'Iggy et coincée derrière une table de cuisine, elle ne voyait pas grand-chose. Mais ses yeux se trouvaient juste à la hauteur d'une longue fente dans le bois. Elle se pencha donc pour regarder.

Des vaches.

Matilda aimait les vaches. Elle aimait surtout la petite vache en plastique que Mignus avait trouvée dans une boîte de corn-flakes. Elle la voulait toujours à côté de son oreiller pour dormir. Elle avait remarqué les petites vaches sur le tableau dans le couloir. Elles lui avaient beaucoup plu parce qu'elles ressemblaient à sa petite vache en plastique.

Mais ces bêtes-là, dans la cuisine, étaient vraiment trop grosses. Matilda n'aimait que les petites.

Et, d'un coup, le silence tomba sur la pièce. Plus de craquements, de claquements, d'éclatements ni de mugissements. À croire que le troupeau en folie avait tout bonnement disparu.

– Qu'est-ce qui sss'est passsé, Mump ? chuchota Iggy.

– Je ne sais pas. On dirait qu'ils sont partis.

Lentement, prudemment, Mignus se releva juste assez pour glisser un œil.

On aurait dit qu'une bombe avait explosé dans la cuisine. À part la table massive, il ne restait plus un meuble intact. Les chaises étaient en pièces, les pots et la vaisselle en miettes, les casseroles aplaties et cabossées, les portes du fourneau pendaient sur leurs gonds, et le carrelage était couvert d'éclats de plâtre. Quant aux bêtes responsables de ce carnage, elles n'étaient plus là.

Mignus s'extirpa de leur abri. Iggy le suivit, portant toujours Matilda qui bâillait. Tinker trotta sur leurs talons. Soudain, il se raidit, fixa un coin de la pièce et se remit à grogner.

– Qu'est-ce que tu as vu, Tinker ? murmura Mignus.

Un léger mouvement attira alors l'attention du garçon ; il s'avança. Là, derrière un barreau de chaise fendu…

Les vaches n'étaient pas sorties de la cuisine !

Elles avaient simplement retrouvé la taille qu'elles avaient dans le tableau. Elles erraient sur le carrelage, mugissant tristement, pas plus grosses que des souris. Le tout petit taureau balançait le cou d'un air perplexe. Il n'y avait qu'une explication possible. Mignus observa sa sœur. Elle avait reposé la tête contre l'épaule d'Iggy, et ses paupières s'alourdissaient.

« Je ne l'ai pas vue se réveiller, pensa le garçon. Ni agiter les mains... »

Ses réflexions furent interrompues par de nouveaux grondements de Tinker, plus menaçants, cette fois. Le petit chien trotta vers le troupeau désemparé. Le taureau leva les yeux vers le géant poilu qui le toisait. Son étonnement fit vite place à la rage. La créature qui s'aventurait sur son territoire avait beau avoir la taille d'une grange, le taureau restait un taureau. Il secoua les cornes, frappa le sol du sabot. Puis il chargea.

Tinker aboya une fois, très fort. Le taureau s'arrêta net. Tinker, les babines retroussées, montra les crocs et aboya une deuxième fois. Le taureau en resta pétrifié. Puis, lâchant un couinement de terreur, il fit demi-tour et fonça le long du mur en bousculant ses compagnes. Celles-ci se mirent à galoper derrière lui. Tinker les suivait, la truffe rasant le sol, reniflant l'odeur qu'elles laissaient sur leur passage. Soudain le taureau avisa un trou, au pied du mur.

Il s'y engouffra, et les vaches l'imitèrent. Le petit chien colla son nez à l'endroit où elles avaient disparu, tandis que Mignus s'agenouillait près de lui pour examiner la plinthe : de toute évidence, il y avait là un trou de souris, creusé par de minuscules dents. Repoussant doucement le chien, Mignus posa l'oreille contre le trou. Il entendit de lointains mugissements, de plus en plus faibles, qui s'éteignirent tout à fait.

– Quelle *fourmi* ! s'écria Iggy.

– Hein ? fit Mignus. Ah, oui, quel fourbi !

Ignace Tatillon courut décrocher la clé, près de la porte défoncée :

– Je dois nettoyer tout ça avant le retour de M. Jugg, sssinon il sssera très fâché !

Apparemment, le danger passé, l'inquiétude du petit warlack se dissipait telle une fumée dans le vent. Il pénétra dans le cellier, sans lâcher Matilda.

Mignus se remettait sur ses pieds en frottant ses genoux tachés de plâtre, soulagé de s'être sorti de ce mauvais pas, quand Gobin des Bois émergea de l'ombre du couloir et se planta à l'entrée de la cuisine.

9. Un monstre de peinture

Mignus se figea sur place.

Gobin des Bois cracha dans la poussière. Un coin de sa bouche se souleva et il ricana, pointant sur le garçon un doigt tordu :

– Toi ! Donne-moi ton argent !

Sa voix grinçait comme une râpe sur un morceau de fer.

La créature avança d'un pas, leva son arbalète et visa la tête de Mignus. Celui-ci mit les bras en l'air :

– Je... je suis désolé ; je... je n'ai pas d'argent.

– C'est pas de chance, ironisa Gobin des Bois. Pas de chance pour toi, je veux dire.

Mignus entama un lent mouvement de retraite vers le cellier. Son pied heurta quelque chose, et il faillit perdre l'équilibre. Un coup d'œil lui apprit que c'était une poêle à frire cabossée. Elle paraissait très lourde...

Il se pencha et l'attrapa par le manche. Puis il la brandit

devant lui comme une arme. Gobin des Bois lâcha un rire méprisant :

– Ha, ha, ha ! Qu'est-ce que tu comptes faire avec ça ? Repousser mes flèches ?

Mignus ne répondit pas. Il continua sa marche en arrière, priant le ciel de ne pas trébucher de nouveau sur un débris quelconque. Gobin des Bois avançait tranquillement à mesure que le garçon reculait.

Mignus sentit enfin dans son dos l'encadrement de la porte. Au même instant, une main l'attrapa par le col de sa veste et le tira brutalement dans les profondeurs du cellier.

Le garçon se retourna et vit Iggy, les yeux écarquillés de terreur, tenant à la main une vieille pelle à poussière, Matilda nichée dans son bras libre.

Mignus voulut lui adresser un sourire rassurant, mais il ne sut que grimacer, car il lui paraissait douteux que l'étroit cellier fût le meilleur endroit où se réfugier. C'était même le pire, car il n'y avait aucun moyen d'y éviter une flèche décochée à bout portant.

Mais il était trop tard. Mignus et Iggy furent bientôt acculés contre les étagères du fond, face à la porte ouverte.

Gobin des Bois se planta dans l'embrasure, examina le réduit et cracha avec dépit :

– Ce n'est pas du sport, ça. Autant viser un poisson dans un bocal !

Il leva son arbalète et mit le garçon en joue. Celui-ci ne sut que se protéger le visage derrière la poêle à frire. Si l'archer changeait l'angle de tir, il lui lâcherait une flèche en pleine poitrine. La poêle tremblait dans sa main comme une feuille au vent.

Rejetant la tête en arrière, la créature éclata de rire :

– Ha, ha, ha ! Est-il bête ! Abaisse ça, avant que je te tue !

Mignus n'avait plus qu'une chose à faire. Et il la fit. Il lança la poêle de toutes ses forces à la tête de Gobin.

Gobin la vit arriver. Avec une agilité inattendue pour quelqu'un d'aussi bancal, il s'écarta. La poêle lui frôla le crâne et s'écrasa bruyamment sur le carrelage.

Il eut un rictus mauvais :

– Manqué ! Qu'est-ce que tu vas tenter, maintenant ?

Mignus n'en avait aucune idée. Mais Iggy, à demi caché derrière lui, en avait une. Mump n'avait plus rien à jeter ; lui, si. Il leva sa pelle à poussière et la projeta sur leur gigantesque adversaire.

De nouveau, Gobin des Bois esquiva, et la pelle rebondit sur le sol sans lui avoir causé le moindre mal.

– Vous avez encore un projectile ? grommela-t-il.

Comme ni Mignus ni Iggy ne répondait, il les remit en joue. Puis, penchant de côté sa tête ovale, il cligna des yeux :

– Vous savez quoi ? Je parie que, si vous restez comme ça, l'un derrière l'autre, je vous aurai tous les trois d'une seule flèche. Ouais, je suis sûr que j'y arriverai !

Il recula d'un pas et visa cette fois la poitrine de Mignus. Puis il murmura :

– Parfait ! Ne bougez plus !

Le garçon ferma les yeux, attendant le trait qui allait traverser sa cage thoracique.

Il se passa alors une chose inattendue.

Un jet liquide fusa par-dessus son épaule, scintilla dans la pâle lumière de la porte et éclaboussa l'arbalète.

Une forte odeur que Mignus connaissait bien imprégna l'air.

Pendant plusieurs secondes, personne ne parla. Gobin des Bois regardait son arme, son front verdâtre plissé de perplexité. Mignus était tout aussi ébahi : la massive arbalète était en train de fondre. La flèche se liquéfia la première, puis la corde, enfin l'arc lui-même, qui se mit à dégouliner en un mélange de couleurs brunâtres jusque sur les énormes pieds du monstre.

– Que… qu'est-ce qui est arrivé à mon arbalète ? gronda Gobin d'un ton scandalisé.

Mignus désigna du doigt la petite mare de peinture, sur le sol.

– Elle est là, fit-il poliment.

Le garçon avait bien reconnu le liquide à son odeur, mais il ne s'expliquait pas encore la cause de ce phénomène. Il se retourna et vit Matilda, bien réveillée, dans les bras du petit warlack. Elle fixait Gobin des Bois d'un regard courroucé. Et elle tenait un verre vide à la main.

Iggy était appuyé sur les étagères, là où il avait déposé le premier plateau du petit déjeuner, avec les briques et les bols qui contenaient…

De la térébenthine ! Une huile qui dilue la peinture !

Alors, Mignus comprit. Matilda avait vu l'horrible créature menacer son frère chéri avec une arbalète. Elle avait vu Mignus et son ami mouillé jeter des choses à la tête du vilain. Ils l'avaient raté. À son tour d'essayer !

Elle avait donc attrapé le premier objet qui lui tombait sous la main : le bol de son frère, encore empli de térébenthine. Elle avait visé le monstre, et elle ne l'avait pas raté. Sauf que le liquide n'était pas allé assez loin, il avait seulement atteint l'arbalète.

Gobin des Bois rugit de fureur :

– Ça ne fait rien ! Je n'ai pas besoin de flèche pour vous tordre le cou !

Ses deux énormes mains tendues devant lui, il s'avança.

Mignus s'adossa à l'étagère. Il ne pouvait pas reculer davantage. Les doigts griffus de la créature allaient se refermer sur son cou.

Le garçon allongea le bras, sentit sous sa main l'écuelle de Tinker, encore pleine d'un liquide huileux.

D'un mouvement précis, il l'attrapa et la jeta à la face de son adversaire.

Ce n'était pas un très bon lancer. Au lieu d'atteindre le visage de Gobin des Bois, la térébenthine tomba sur ses genoux et dégoulina le long de ses tibias, formant une petite flaque sur le sol.

La créature eut d'abord l'air étonné. Puis elle regarda ses pieds.

Ils s'étaient étalés, et ses jambes s'amollissaient, s'enfonçant peu à peu dans la flaque, à mesure que le liquide dissolvait la peinture de ses chevilles, de ses mollets, de ses cuisses. À présent, le monstre n'était pas plus grand que Mignus, car il ne restait de lui que le haut de son corps.

Au grand soulagement du garçon, Gobin des Bois ne semblait ressentir aucune douleur. Il n'exprimait qu'une surprise horrifiée.

– Je… J'ai l'affreuse impression de fondre, balbutia-t-il. Qu'est-ce que tu m'as fait ?

– Je suis désolé, s'excusa Mignus. Mais vous ne devriez pas essayer de tuer les gens comme ça.

Gobin des Bois était maintenant dans la térébenthine jusqu'au menton.

– Ah ! cria-t-il. Qu'importe ! Je n'ai pas besoin de jambes pour te tuer. Ni de bras. Je peux te mordre à mort !

Il retroussa les lèvres sur ses crocs recourbés. L'instant d'après, ceux-ci avaient fondu aussi. Une paire d'yeux jaunes surnageait encore, qui se liquéfia à son tour, suivie du crâne pointu. Une mèche de cheveux flotta une seconde à la surface de la mare huileuse, puis disparut.

Un grand calme tomba sur le cellier. Enfin, Iggy rompit le silence :

– Un sssuper produit, le thé à la benthine !

– C'est vrai, approuva Mignus. Mais, au cas où on aurait d'autres créatures de ce genre à affronter, on ferait bien de préparer un plan.

10. L'homme de fer

Le plan qu'ils établirent était le suivant : la cuisine, dans l'état où elle se trouvait désormais, ne constituait plus un lieu sûr. Mignus suggéra qu'ils se replient dans sa chambre. La porte en bois massif paraissait solide ; elle était munie d'un gros verrou. En supposant qu'ils n'eussent plus à craindre d'autres archers et d'autres taureaux errant dans les couloirs du château Caltrop, cela suffirait probablement à empêcher qui que ce fût d'entrer. Iggy emporta trois bouteilles de térébenthine au cas où ils auraient à affronter de nouvelles créatures peintes revenues à la vie. Il se pourvut aussi de lait et d'une boîte de bouillie instantanée pour Matilda.

– Parce que, sssi elle a faim, elle va faire des bruits horribles, hein, Mump ?

Mignus récupéra la poêle à frire. Il aimait en sentir le poids dans sa main ; elle lui semblait être une arme valable.

Le problème suivant fut de retrouver le chemin de la chambre. Mignus le résolut en se faisant conduire par Tinker jusqu'au jardin intérieur. Une fois là, il espérait reconnaître le couloir menant à la relative sécurité de la grande pièce. Depuis qu'ils avaient perdu la poussette, la tâche de trimbaler Matilda revenait à Iggy. C'était une chance pour Mignus, car le petit warlack, malgré son aspect malingre, était beaucoup plus fort que lui. Ses muscles, sous le costume noir et mouillé, étaient durs comme du fer, et il n'avait jamais l'air fatigué. D'ailleurs, l'eût-il été, Mignus savait qu'il continuerait à porter Matilda. Il aimait la porter autant que Matilda aimait qu'il la portât. Dès qu'elle était réveillée, elle lui faisait des câlins et lui ébouriffait les cheveux.

Ils étaient à mi-chemin de la chambre quand des bruits bizarres les alertèrent. Cela venait de plusieurs couloirs, en direction de la cuisine. Ce furent d'abord des craquements de bois qui éclate, suivis de mugissements puis d'un beuglement tel que peut en produire un taureau furieux. Un très gros taureau.

– Qu'est-ce que c'est, Mump ? chuchota Iggy en s'accrochant nerveusement au bras de son ami.

– Ce sont les vaches et le taureau, soupira Mignus. Je suppose qu'ils ont retrouvé leur taille normale.

Par chance, les bruits inquiétants s'éloignèrent. Tout

en parcourant les interminables corridors, Mignus réfléchissait :

« Tilly a rapetissé les vaches. Maintenant, elles sont redevenues comme avant. Et Tilly n'a pas lancé de nouveau sort, car elle est bien réveillée. Ça signifie que… Oui, ça signifie que l'effet de ce premier sort n'a pas duré. Peut-être… peut-être qu'ils perdent tous leur efficacité au bout d'un certain temps… »

Mignus voulut en avoir le cœur net :

– Iggy, montre-moi tes dents !

– Hein ?

– Je voudrais voir tes dents.

– Pourquoi ?

– Parce que… Parce que je les trouve très jolies. Je voudrais bien en avoir de pareilles, surtout celles qui sont si pointues. S'il te plaît, montre-les-moi !

Ignace Tatillon ne savait pas résister à la flatterie. Il ouvrit grand la bouche, ravi, et retroussa les lèvres. Mignus vit aussitôt que les dents du petit warlack avaient perdu leur couleur de perle. Elles étaient aussi jaunes qu'avant.

« Donc, l'effet des sorts de Tilly ne dure qu'un moment… »

Ils atteignirent enfin la chambre. Une fois à l'intérieur, la porte verrouillée, Mignus se sentit un peu rassuré. Iggy déposa Matilda sur le plancher, où elle se mit à crapahuter pour attraper la queue de Tinker. Derrière les carreaux de la haute fenêtre, les arbres du parc n'étaient plus que des silhouettes noires, le lac luisait comme de l'encre, et la vaste pelouse avait pris une sinistre teinte grise.

La nuit tombait. Il fallait décider où Iggy allait dormir. Mignus lui proposa un fauteuil, mais le petit warlack secoua la tête :

– Non, Mump. Pas le fauteuil.

– Pourquoi pas ?

– Parce que je ne sssupporte pas les sssièges rembourrés. Au bout d'un moment, ils sssentent mauvais.

Ignace trouva lui-même la solution. Il entraîna Mignus dans la salle de bains et lui montra la baignoire. Il déclara, tout excité :

– Ici, Mump ! Je ssserai très bien. Tu vois ? Il y a un trou par où l'eau peut sss'écouler !

C'était une bonne idée. Mignus en trouva une autre. Il ôta un des tiroirs vides de la commode, le transporta dans la salle de bains et le posa à l'envers à un bout de la baignoire, de sorte qu'il formait une sorte de toit.

– Voilà, Iggy ! C'est presque aussi bien que ta caisse, non ?

Ignace Tatillon poussa un cri ravi. Il grimpa dans la baignoire, se faufila sous le tiroir. À sa grande satisfaction,

Mignus constata que le petit nuage restait au-dessus du tiroir, ce qui laissait Iggy au sec.

– C'est encore mieux que ma caissse ! fit la voix assourdie du warlack.

Laissant Iggy dans son nouvel abri, le garçon retourna dans la chambre. Il n'avait plus rien d'autre à faire que de regarder Matilda jouer avec Tinker et laisser ses pensées vagabonder. Au bout d'un moment, elles devinrent de plus en plus sombres. Son père et sa mère lui manquaient terriblement. Où étaient-ils ? Que leur avait-on fait ? Mignus les reverrait-il jamais ? Et combien de temps allait-il rester enfermé dans cet horrible endroit, où les tâches ménagères étaient assurées par un warlack, où les couloirs changeaient sans cesse de place, où des personnages peints revenaient à la vie et essayaient de le tuer ? Et comment pourrait-il s'occuper seul de Matilda ? Où était Nanny Flannel, quand il avait tant besoin d'elle ? Comment retourner chez lui ? Que faire ? Oui, que faire... ?

Ces tristes réflexions furent soudain interrompues par un bruit mouillé. Iggy était là, en train de mâchouiller quelque chose avec un plaisir évident. Mignus découvrit avec horreur que le warlack tenait à la main son petit sac de bonbons :

– Où as-tu trouvé ça, Iggy ?

– Dans ta poche, Mump.

Il plongea la main dans le sac et porta un nouveau bonbon à sa bouche.

– Dans ma poche ? Quand ?

– Quand on était dans le cellier. Pendant que tu détruisais ce vilain bonhomme vert.

– Mais... comment tu t'y es pris ? Je n'ai rien senti.

Un sourire supérieur étira les lèvres minces du warlack :

– Bien sssûr, que tu n'as rien sssenti. Je ne sssuis pas ssseulement un habile cabrioleur ! Je suis ausssi un très adroit *pille-poche* !

– Un pickpocket ?

– C'est ce que j'ai dit, soupira Iggy, agacé.

– Mais… pourquoi as-tu fouillé dans ma poche ?

– Parce que j'aime les bonbons. Ceux-là sssont très bons.

Mignus prit un air sévère :

– Ces bonbons sont à moi, Iggy, pas à toi. Je croyais qu'on était amis. On ne vole pas les bonbons d'un ami.

L'étonnement se peignit sur le visage du petit warlack :

– Ah bon ?

– Non, Iggy. On ne fait pas ça. Maintenant, rends-moi mes bonbons, s'il te plaît !

Ignace Tatillon lui tendit le sac en bredouillant :

– Je n'en ai mangé que deux ou trois, tu sssais.

Mignus soupesa le sachet. Il lui parut bien léger. Il regarda à l'intérieur. Il était à moitié vide. Il fouilla du doigt. Là, tout au fond, il restait deux bonbons jaunes.

– Ce sssont les jaunes que je préfère, révéla Iggy.

– Ah oui ? ironisa le garçon. Je n'aurais pas deviné.

Une pensée lui traversa alors l'esprit. L'air détaché, il demanda :

– Lesquels tu aimes le moins ?

– Les verts. Je ne les aime pas du tout.

– Et… que se passe-t-il si tu en manges un ?

Iggy leva les yeux au ciel, exaspéré :

– Je ne mange jamais de verts, Mump ! Je te l'ai dit, je ne les aime pas.

Mignus allait lui demander comment il le savait s'il n'en avait jamais mangé. Il n'en eut pas le temps. Iggy fouilla dans la poche de sa veste mouillée et en tira la brosse à dents du garçon :

– Qu'est-ce que c'est que ça, Mump ?

– C'est ma brosse à dents. Et je voudrais que tu arrêtes de toucher à mes affaires.

Iggy eut un reniflement méfiant :

– C'est une drôle de brossse à dents, Mump !

– Parce qu'elle est électrique.

Les yeux de poisson du petit warlack s'agrandirent de stupeur :

– *Lectrique* ? Comment ça ?

Mignus appuya sur le bouton, en bas du manche. Sentant l'appareil vibrer dans sa main, Iggy faillit le laisser tomber. Puis il le contempla avec admiration :

– Fantassstique !

Une lueur sournoise passa alors dans son regard. D'une voix incertaine, il demanda :

– Mump… Essst-ce que je peux avoir cette chose lectrique… ? Je peux, hein ?

– Pour quoi faire ?

Le warlack n'avait pas l'intention de se laver les dents, Mignus en était sûr. Effectivement, Iggy n'avait aucune idée de ce qu'il ferait de l'appareil. Il le voulait, voilà tout.

C'était un objet nouveau pour lui, et si intéressant ! Il lança la première réponse qui lui passait par la tête :

– Je... je... je vaincrai tous nos ennemis, avec cette arme sssuper-lectrique !

Mignus s'apprêtait à répliquer que, électrique ou pas, une brosse à dents n'avait rien d'une arme, et qu'Iggy devait cesser de prendre ce qui ne lui appartenait pas, quand il entendit un bruit lointain, métallique. Ça rappelait celui que Matilda produisait quand on l'autorisait à taper sur une casserole avec sa cuillère : *Clang, clang, clong, clong...*

Le garçon courut à la porte, tourna le verrou et entrouvrit le battant. Il ne vit rien, dans les profondeurs du couloir. Mais le bruit était plus fort : *Clang, clang, clong, clong...*

– Qu'est-ce que c'est, Mump ?

Iggy se pressait contre lui pour examiner le corridor, et Mignus sentit des gouttes de pluie lui mouiller le visage.

– Je ne sais pas. Je ne pense pas que ce soient les vaches...

En tout cas, ça se rapprochait.

Clang, clang, CLONG... !

– Iggy, fit le garçon, nerveux, on devrait refermer cette porte.

– Pff ! souffla le petit warlack d'un air suffisant. N'aie pas peur, Mump ! Je sssuis armé. Je vais te sssauver une fois de plusss !

Mignus voulut objecter que, jusqu'à présent, c'était lui qui les avait tous sauvés, mais sa voix fut couverte par des *CLANG ! CLONG !* assourdissants. Au même instant, saisi d'horreur, il comprit qu'ils étaient de nouveau dans de sales draps : là, au bout du couloir, venait un être de cauchemar, une silhouette sombre, aussi haute que massive, qui oscillait d'un côté à l'autre. Lorsqu'elle passa dans la lumière d'une des faibles ampoules accrochées au plafond, Mignus reconnut l'énorme armure. Après les peintures vivantes du duc et de Gobin des Bois, c'était le spectacle le plus ahurissant que le garçon eût jamais vu. Les pieds de fer sonnaient sur les dalles, la longue épée étincelait à chaque pas, tranchait l'air en sifflant et cognait contre le mur : *CLANG ! CLANG ! CLONG ! CLONG !*

Iggy s'esquiva une seconde et revint à ses côtés. D'une voix un peu incertaine, il déclara :

– C'est très gros, hein ? Mais ça ne fait rien, je sssuis armé. Recule, Mump ! Moi, Ignace Tatillon, je vais te sssauver !

Il repoussa le garçon et se posta devant lui, face à l'horreur qui s'avançait. Deux bouteilles de térébenthine étaient coincées sous son bras gauche, et il en tenait une troisième dans la main droite.

– Prends ça, vilain ! piailla-t-il.

Et il lança la bouteille.

Elle s'écrasa contre le poitrail métallique. La térébenthine se répandit. La créature n'y prêta aucune attention ; elle continua d'avancer d'un pas raide en se dandinant. *CLANG, CLANG, CLONG, CLONG !*

– Ah, tu en veux une autre ?

La deuxième bouteille explosa contre le casque ; le liquide huileux poissa la visière baissée. L'être de fer ne réagit pas plus que si une mouche s'était posée sur lui.

– Pourquoi il ne fond pas, Mump ? gémit le petit warlack. Pourquoi ?

– Parce qu'il n'est pas fait de peinture ! cria Mignus en le tirant en arrière.

Mais Iggy se dégagea et lança la troisième bouteille. Elle se brisa contre un genou de la monstrueuse armure, sans ralentir son approche. En dernier recours, Iggy sortit la brosse à dents, la brandit et pressa le bouton. Dès qu'elle se mit à ronronner, il l'agita frénétiquement devant son adversaire, qui n'était plus qu'à deux mètres de lui.

– Recule ! s'égosilla-t-il. Recule tant qu'il en est encore temps ! Tu ne peux rien contre mon arme sssuper-lectrique, essspèce de sssaleté !

Mignus en avait assez vu. Il attrapa Iggy à deux mains. Le warlack perdit l'équilibre, agita son pied droit dans le vide, sautilla sur le gauche, et le garçon réussit à le faire rentrer dans la chambre.

Il claqua la porte, poussa le lourd verrou.

Tinker se tenait à sa place habituelle quand le danger menaçait : juste à côté de son jeune maître. Un grondement roulait dans sa gorge. C'était un grondement quelque peu incertain, car le petit chien ne savait pas très bien contre quoi il grondait. À l'instant où la porte se refermait, il avait flairé un relent bizarre : la chose qui les attaquait avait exactement la même odeur que le tisonnier placé près de la cheminée, au manoir Merlin. Ce n'était pas un problème en soi. Sauf que Tinker ne se souvenait pas que le tisonnier se fût jamais déplacé tout seul…

Mignus avait réagi à temps : à peine le verrou était-il entré dans la gâche avec un bruit sec que le battant tout entier fut violemment secoué. Des poings de fer martelaient la porte, et le garçon se demanda combien de temps elle résisterait.

Il n'eut pas à s'interroger longtemps.

Le martèlement cessa. Il y eut un bref silence. Puis l'attaque reprit. Cette fois, le bruit était différent ; les *clang ! clong !* étaient accompagnés de craquements inquiétants. Les yeux écarquillés d'horreur, Mignus vit la pointe de l'épée traverser le panneau de bois. Elle se retira, il y eut un nouveau craquement, et la lame s'enfonça dans le chêne épais. Elle remua dans la fente de gauche à droite pour l'élargir, et Mignus aperçut par le trou le poing de fer massif qui manœuvrait l'épée.

Paniqué, il chercha une issue du regard. Il ne restait que la fenêtre.

Elle ne s'ouvrait pas, il le savait. Il n'essaya donc même pas. Ayant ramassé la lourde poêle à frire qu'il avait posée sur le lit, il la balança de toutes ses forces contre la vitre. Quelques carrés de verre se fendirent, leurs bordures de plomb se déformèrent.

Le garçon recommença. Encore. Et encore.

– Qu'est-ce que tu fabriques, Mump ? protesta Iggy.

Accroupi sur le sol près de Matilda, il fixait la scène, horrifié.

– Il faut qu'on sorte d'ici ! lança Mignus.

Et il se remit à sa tâche, essayant de ménager un trou assez grand pour qu'ils puissent passer au travers. C'était plus facile à dire qu'à faire. De nombreux carreaux étaient déjà brisés, mais les bordures de plomb résistaient. Mignus avait beau frapper comme un sourd, elles bombaient à peine vers l'extérieur.

– Tu n'as pas le droit de cassser la fenêtre, Mump ! s'égosilla Iggy. M. Jugg va être très en colère ! Arrête ! Arrête tout de sssuite !

Tout ceci était trop bruyant pour Matilda : des coups contre la porte, des coups contre la fenêtre, son frère et son ami mouillé qui se disputaient… Elle fit donc ce que font tous les bébés quand ils sont contrariés. Elle se mit à hurler de toute la force de ses poumons. Iggy l'observa un instant, stupéfait. Puis il s'empara de la boîte de céréales :

– Elle a faim, Mump !

Il déchira le carton, plongea la main dans le sachet,

saisit une poignée de flocons et la fourra sous le nez de la petite :

– Tiens, mange !

Matilda repoussa la main tendue, hurlant encore plus fort. Elle ne voulait pas de céréales, elle voulait que ces bruits cessent !

Les pires venaient de la porte, qui était en train de se casser. Matilda détestait qu'on casse les choses. Elle agita donc sa menotte et répara la porte.

Les trous se refermèrent, les panneaux de chêne, qui éclataient de toutes parts, se remirent en place.

Étonné par le soudain arrêt des craquements, Mignus se détourna de la fenêtre. Il découvrit avec étonnement la porte réparée, lança un rapide coup d'œil à sa petite sœur, dont les sanglots se calmaient. Puis les chocs de la grande épée reprirent, et la porte trembla de nouveau sous les coups.

Il n'y avait pas de temps à perdre. Mignus abattit de nouveau la lourde poêle sur les cerclages de plomb. L'un d'eux céda enfin, à l'angle de la fenêtre. Mignus frappa encore trois fois, et le trou fut assez large pour qu'il puisse s'y glisser.

Un craquement sinistre l'alerta. La porte s'était fendue, un énorme poing passait au travers. Les doigts de fer saisirent le rebord de la brèche, et un gros morceau de bois se brisa comme un gâteau sec.

Le poing se retira, emportant de nouveaux éclats. À l'instant où il s'apprêtait à recommencer, la porte se reconstitua encore, aussi solide qu'avant.

Mignus reporta son attention sur Matilda, dont la tête dodelinait. Les deux sorts de réparation successifs qu'elle venait de lancer l'avaient épuisée, elle s'endormait. C'était le moment ou jamais.

Les coups contre la porte reprirent, toujours plus furieux. Elle ne résisterait pas longtemps…

– Tinker ! lança Mignus. Ici !

Le chien fut aussitôt près de lui. Le garçon n'eut pas une seconde d'hésitation. Il empoigna Tinker, le fit passer par le trou et le lâcha de l'autre côté. Le chien atterrit au milieu d'un buisson, dans un grand bruit de feuilles arrachées et de branches brisées.

Mignus se tourna vers Iggy.

Il avait disparu !

Non ! Là, dépassant de sous le lit, il y avait un pied !

Le garçon se précipita, tira Iggy par la cheville, et celui-ci glissa sur le plancher, ses deux mains pressées contre ses oreilles.

Mignus le remit sur ses pieds. Le petit warlack tremblait si fort que le garçon ne tenta pas de le raisonner. Il n'en avait pas le temps. Il l'attrapa par le bras, l'entraîna jusqu'à la fenêtre brisée, lui engagea la tête dans le trou. Puis, ignorant ses piaillements de terreur, il le souleva par ses jambes maigres et le poussa à l'extérieur.

Il y eut un cri, un choc sourd. Iggy avait atterri sur le sol.

Mignus courut vers Matilda. La petite était plongée dans un profond sommeil. Il l'emporta aussi doucement que possible jusqu'à la fenêtre. Puis il appela :

– Iggy ! Je vais faire passer Tilly par le trou. Il faut que tu l'attrapes !

Pas de réponse. Le garçon sortit la tête. Ignace Tatillon levait vers lui des yeux emplis d'effroi.

– Tu as compris ? Tu la rattrapes, d'accord ?

Iggy acquiesça silencieusement et tendit les bras. Mignus porta Matilda à travers l'ouverture, la tint un instant au-dessus du vide, et la lâcha.

De l'autre côté de la chambre, le bois de la porte éclatait sous les coups. L'homme de fer se faufila par la brèche. Il fut soudain dans la pièce, les restes de la porte encore accrochés à son cou tel un énorme collier.

Pendant quelques secondes, personne ne bougea, personne ne parla. Puis Mignus lâcha d'une voix tremblante :

– Qui êtes-vous ?

Très lentement, la créature leva un poing à la hauteur de son casque. D'un doigt elle souleva la visière.

Derrière, il n'y avait rien.

Pas de visage à l'intérieur du casque. Juste un trou noir. L'armure ne contenait que du vide.

La visière retomba avec un claquement sec ; le monstre se remit en marche en balançant son énorme épée.

11. Le parc

L'homme de fer avançait ; Mignus recula, et l'encadrement de la fenêtre s'enfonça dans ses omoplates. Les yeux écarquillés, il surveillait l'approche du monstre. Il sentait le plancher vibrer sous les pieds de métal, il entendait l'air siffler autour de la lame.

Il était temps de filer.

D'un mouvement vif, tel un poisson qui se retourne dans le courant, Mignus plongea entre les cerclages de plomb brisés. Il faisait si sombre, dehors, que le garçon crut s'enfoncer dans un abîme sans fond, sauf que sa chute ne dura qu'une seconde. Une secousse brutale lui ébranla tous les os ; il était sur le sol. Il resta un moment étendu, s'efforçant de reprendre son souffle. Puis le nez froid de Tinker se posa contre sa joue, des gouttelettes mouillèrent son visage.

– Tu m'as fait tomber par la *fillette* ! fit une voix pleine de reproches. Ce n'est pas poli, de poussser les gens par les fillettes, Mump !

Dans la faible lumière provenant de la fenêtre, le garçon distingua la silhouette d'Iggy penchée sur lui. Il fut rassuré de voir un petit paquet endormi blotti dans ses bras. Il sentit contre lui le flanc poilu de Tinker. À cet instant, une ombre le recouvrit. Au-dessus de lui, quelque chose de métallique grinça contre la pierre. Mignus se remit sur pied et leva la tête.

La silhouette de l'homme de fer bloquait tout l'encadrement de la fenêtre. Le monstre s'efforçait de franchir l'ouverture ; les carreaux de verre se brisaient, les cerclages de plomb éclataient.

– Fuyons ! s'affola Mignus. Il casse la fenêtre !

Iggy laissa échapper un cri aigu. Serrant Matilda contre lui, il fonça, tête baissée. Le garçon et le chien s'élancèrent derrière lui. Ils galopèrent sur l'allée, dérapant dans le gravier. Il faisait si sombre qu'il était difficile de se diriger.

Soudain, Mignus entendit un choc sourd, aussitôt suivi d'une exclamation de douleur. Une seconde plus tard, il heurtait quelque chose de mou, qui sentait le tissu mouillé et le moisi.

– Ouille ! couina de nouveau Iggy.

Le petit warlack s'assit par terre. Mignus s'accroupit près de lui, dérouté. Que s'était-il passé ?

Iggy se frottait le crâne de sa main libre :

– Oh, Mump, ça fait mal !

– Qu'est-ce qu'il y a, Iggy ?

– Ce qu'il y a ? Je vais te le dire, Mump ! J'ai une grossse bossse sssur le front, voilà ce qu'il y a !

Mignus plissa les yeux. À quel obstacle s'était-il cogné ? Le parc s'étendait devant lui : la vaste pelouse, le lac sombre, la ligne des arbres au loin. Puis, à mesure qu'il s'accoutumait à l'obscurité, il comprit.

C'était un mur.

Un mur si haut et si large que ses extrémités disparaissaient dans le noir, au-dessus d'eux et de chaque côté. À quelques mètres en arrière, on se croyait devant un paysage. Quand on avait le nez dessus, on découvrait que la pelouse, le lac, la forêt lointaine n'étaient qu'une peinture, plus réaliste qu'une photo. Un parc peint.

– Un mur, Iggy, chuchota Mignus. Tu as foncé dans un mur.

– De quoi tu parles, Mump ? marmonna le warlack d'un ton irrité.

– Tu es assis le dos contre ce mur, Iggy. Tourne-toi et regarde !

Ignace Tatillon poussa le genre de long soupir qui accueille une réflexion particulièrement stupide. Puis il tourna la tête et regarda.

Il cligna des yeux à plusieurs reprises en découvrant une surface solide à deux centimètres de son nez. Puis, brusquement, il fondit en larmes.

Derrière eux, au château, éclata alors un bruit semblable à un coup de tonnerre. L'encadrement de la fenêtre venait de s'écrouler, et ses débris dégringolaient dans les buissons, juste en dessous. L'homme de métal s'efforçait de passer par l'ouverture. Soudain, tel un bouchon sautant d'une bouteille de champagne, il jaillit au-dehors. Il était si grand qu'il n'eut pas besoin de sauter. Il enjamba simplement le rebord, et les éclats de verre craquèrent sous ses pieds. Puis, levant son énorme épée, il s'avança vers les fuyards.

Mignus attrapa Iggy, pétrifié, par les épaules :

– Viens ! Lève-toi !

Il le tira pour l'obliger à se remettre debout. Le petit warlack tremblait de tous ses membres, mais il continuait de tenir Matilda bien serrée dans ses bras.

Mignus et Iggy commencèrent à courir le long du mur. Tinker lança quelques aboiements agressifs en direction de l'homme de fer, juste pour lui faire savoir qui était le plus fort. Puis, la queue entre les pattes, il rattrapa ses compagnons.

Plus ils couraient, plus il faisait noir, si bien que Mignus, craignant de heurter un nouvel obstacle, gardait une main au contact du mur et l'autre tendue devant lui. Tinker, qui y voyait mieux dans l'obscurité, trottait en tête, et le garçon suivait sa courte silhouette blanche qui luisait faiblement tel un petit fantôme de chien.

Derrière eux, ils entendaient résonner les pas de leur poursuivant. Il ne courait pas. Sans doute était-ce quelque chose qu'une armure ne pouvait pas faire. De sorte que, aussi longtemps que les fuyards continueraient à cette allure, ils avaient une chance de lui échapper.

Mais où allaient-ils ? Il faisait complètement noir, à présent. Néanmoins, Mignus avait l'impression de suivre une courbe : le mur devait encercler le château Caltrop. Auquel cas, tôt ou tard, ils se retrouveraient à leur point de départ.

Puis il aperçut une lueur.

Elle était à une certaine hauteur, et venait sans doute d'une fenêtre du château. Mignus pensa que, au lieu de courir en rond indéfiniment, il était préférable de se diriger par là.

– Où on va, Mump ? haleta Iggy à côté de lui.

Mignus ne répondit pas, il préférait garder son souffle. D'ailleurs, qu'aurait-il répondu ? Tout ce qu'il savait, c'était qu'un peu de lumière valait mieux que cette obscurité.

Peu à peu, le point lumineux devenait le rectangle d'une petite fenêtre, éclairée de l'intérieur. Mignus accéléra, et ils arrivèrent en dessous, épuisés et hors d'haleine. Matilda, endormie sur l'épaule du warlack, était la seule à respirer paisiblement.

La fenêtre était bien à quatre mètres de haut. Mais le mur, à cet endroit, était envahi de lierre, aux feuilles noires et luisantes. Le tronc et les branches paraissaient résistants.

– On grimpe, Iggy, décida le garçon. Passe le premier !

– Tu veux que je grimpe là ?

– Oui ! Et tu porteras Matilda. Tu crois que tu pourras ?

Le petit warlack se rengorgea :

– Bien sssûr, que je pourrai ! J'ai été cabrioleur, tu sssais ! Les cabrioleurs grimpent n'importe où en transsssportant de gros sssacs. Je sssuis un fantassstique grimpeur !

– Super ! Alors, vas-y ! Vite !

Et Mignus poussa fermement Iggy en avant, car, au loin, il entendait les *clang ! clong !* de l'homme de fer, qui se rapprochaient.

Iggy bondit. Il empoigna une branche et escalada la paroi avec l'agilité d'un singe. Mignus fourra Tinker dans son blouson, s'agrippa à son tour au lierre et commença l'ascension. Il n'était pas aussi rapide qu'Iggy, mais il se hissait à un rythme régulier, et fut bientôt assez haut pour craindre de tomber.

« Ne regarde pas en bas ! s'ordonna-t-il. Monte !

Comme sur la Grande Roue à Fou-Rire-Land ! Lève la main, pose le pied, et monte ! »

Bientôt, les bruits des pieds de fer furent si près que le garçon risqua un œil vers le sol.

L'énorme armure était là, son casque tournant de droite à gauche. Puis, avec un grincement, elle renversa la tête, et ce qui lui servait d'yeux parut repérer les fuyards. Alors, à la grande terreur du garçon, il enfonça ses gantelets dans le lierre et se hissa derrière eux.

La panique donna une nouvelle énergie à Mignus. Saisissant les branches à pleines poignées, il grimpa plus vite. Au-dessous de lui, le lierre trembla. Sous ses mains, les branches s'arrachaient des vieilles pierres avec un bruit de tissu qui se déchire. Un de ses pieds dérapa et oscilla dans le vide. Ses doigts commençaient à glisser…

À cet instant, il sentit une main l'attraper par les cheveux et le tirer vers le haut.

– Je te tiens, Mump ! chuchota Iggy.

Le garçon crut que son cuir chevelu allait se décoller de son crâne. La douleur lui fit monter les larmes aux yeux.

– Ça va, Iggy ! cria-t-il. J'y arriverai tout seul.

Le petit warlack continua de le hisser tel un sac de pommes de terre, sans s'occuper de ses protestations.

Incapable de bouger la tête, Mignus regarda vers le bas du coin de l'œil. L'armure était déjà à mi-hauteur, hissant son corps de métal lentement mais régulièrement. C'était cette lourde masse qui déracinait le lierre.

La branche à laquelle Mignus s'accrochait plia soudain. Puis elle se cassa.

Mais Mignus ne tomba pas.

La douleur de son crâne augmenta encore d'un cran quand il fut tout entier suspendu – et Tinker aussi – au bout de la main d'Iggy.

– OUILLE ! hurla-t-il.

Il fut soulevé comme par une grue. Il entendit au-dessous de lui un grand craquement, suivi d'un fracas de métal tordu.

Il ferma les yeux, hurla encore en se sentant balancé dans le vide. Une seconde plus tard, on lâcha ses cheveux, et il s'écrasa sur un plancher.

Quand il ouvrit les yeux, ses larmes débordèrent et lui trempèrent les joues. Mignus ne pleurait jamais, et il ne pleurait pas davantage à cet instant. Ce n'était qu'une réaction naturelle de son corps. Les yeux de quelqu'un à qui on tire violemment les cheveux se remplissent toujours de larmes.

– Pourquoi tu pleures, Mump ? chuchota Iggy à son oreille. Je t'ai sssauvé, tu as vu ?

Le garçon lui adressa un regard brouillé :

– Merci, Iggy. Je ne pleure pas.

Il s'essuya les yeux ; la douleur de son crâne diminuait un peu. Tinker sortit la tête du blouson et le débarbouilla d'un coup de langue.

– Arrête, Tinker, marmonna Mignus en lui repoussant le museau.

Il ouvrit sa fermeture éclair et posa le petit chien par terre.

Iggy, tenant toujours Matilda, se penchait à la fenêtre. Mignus le rejoignit.

Tout en bas, l'homme de fer gisait sur le sol. Tombé sur le dos, il était recouvert de tant de feuilles et de branches qu'on n'apercevait plus que ses jambes et ses bras qui s'agitaient. Il réussit enfin à s'asseoir, sans cesser de se tortiller, et la masse de lierre tremblait comme si elle était vivante.

– Je t'ai *encore* sssauvé ! dit Iggy avec fierté. Et j'ai fait tomber tout ça sssur la tête de la chose, et maintenant elle n'arrive pas à ssse relever.

– Bien joué, Iggy, le félicita Mignus, plein de gratitude malgré son cuir chevelu qui le grattait et le brûlait.

Le petit warlack l'avait réellement sauvé, cette fois.

Ils se trouvaient dans une salle de forme bizarre, à cinq côtés, sans aucun meuble. Face à l'unique fenêtre, il y avait une unique porte. Une ampoule nue se balançait au bout d'un fil électrique, au milieu du plafond. C'était sa lumière qui avait guidé Mignus jusque-là. Le garçon traversa la pièce sur la pointe des pieds et entrouvrit la porte. Il la referma aussitôt, le plus silencieusement possible.

Il avait entendu des voix.

Posant un doigt sur ses lèvres, il murmura :

– Chut ! Pas un bruit ! Il y a des gens, là.

Iggy acquiesça, l'air grave, et serra plus fermement Matilda dans ses bras. Mignus souleva Tinker et le fourra de nouveau dans son blouson. Le petit chien se trémoussa pour trouver une position confortable. *Ça recommence. Le garçon qui sent si bon croit toujours que deux pattes valent mieux que quatre...*

Mignus abaissa l'interrupteur de cuivre, et la pièce fut aussitôt plongée dans le noir. Il tourna alors la poignée de la porte avec mille précautions, jeta un œil par l'entrebâillement.

La pièce qu'il aperçut paraissait immense. De là où il était, Mignus eut une curieuse impression : des ombres dansaient sur les murs, sans doute produites par un feu flambant dans une cheminée qu'il ne voyait pas. Il lui semblait surtout se trouver tout près du plafond : des poutres massives s'entrecroisaient juste au-dessus de sa tête avant de se perdre dans l'obscurité.

Puis, ses yeux s'accoutumant peu à peu à la pénombre, Mignus réussit à se situer. Il était au coin d'une sorte de balcon qui surplombait une grande salle. Dans l'angle opposé, il y avait un escalier de fer en spirale. Les voix provenaient d'en bas, aussi le garçon ouvrit-il un peu plus la porte, juste assez pour passer. Poussant Tinker sur le côté, il s'accroupit et rampa lentement sur le plancher poussiéreux vers la balustrade qui entourait le balcon.

Seule la lumière orangée et dansante du feu éclairait les lieux. Le garçon en déduisit qu'on ne remarquerait pas sa présence. Il fut cependant extrêmement prudent,

approchant
de la balustrade
centimètre par centimètre ; jusqu'à ce que
son front se soit appuyé
contre les barreaux de bois.
Il eut alors un aperçu de la
salle, en dessous. Sur la cheminée de pierre, où brûlait une pile
de bûches, il remarqua une rangée
de chandeliers. La flamme des bougies
montait, bien droite dans les airs.

Maintenant, Mignus entendait ce qui se disait.

Dans un vaste fauteuil de cuir, il distingua la maigre silhouette de Philibert Ficelle. Face à lui,

dans un siège identique, se tenait Artémise Tripette, son visage de cochon luisant de chaleur.

Que faisaient-ils au château Caltrop ?

Mignus se déplaça légèrement de côté. Deux autres fauteuils apparurent. Dans l'un était assis Dorian Babouin, dont la face jaune paraissait encore plus jaune à la lueur des chandelles. Face à lui, Gédéon Telfort polissait le verre de ses lunettes avec son mouchoir. Malgré la faible lumière, on distinguait nettement les ténébrins au bout de ses oreilles.

« Le Comité d'enquête ! pensa Mignus. Ils sont tous là, sauf celui qui avait l'air si ennuyeux. Comment s'appelle-t-il, déjà ? »

L'instant d'après, Mignus comprit qu'ils étaient bien au complet, car la haute silhouette du ministre sortit de l'ombre. Il tenait deux verres de vin à la main, et Mignus eut la réponse à sa question, car Philibert Ficelle s'écria :

– Merci, mon cher Plumet. Vous êtes bien aimable.

Plumet ! Quentin Plumet !

Tinker, trop serré dans le blouson, lâcha un grognement contrarié. Mignus lui ferma le museau de la main :

– Chut, Tinker !

À cet instant, il sentit un mouvement près de lui. Iggy, tenant toujours le bébé endormi dans ses bras, venait de ramper à ses côtés. Mignus mit un doigt sur ses lèvres en roulant des yeux. Iggy hocha sa tête mouillée et lui chuchota à l'oreille :

– Sss'il y a une chose qu'un cabrioleur sssait faire, Mump, c'est d'être sssilencieux.

Puis, soufflant son haleine puante dans les narines du garçon, il demanda :

– Qui sssont ces gens ? Qu'est-ce qu'ils fabriquent dans mon château ?

– Chut, Iggy ! Écoutons, et nous le saurons.

Le petit warlack acquiesça, et tous deux tendirent l'oreille.

Philibert Ficelle faisait tourner son vin dans son verre. Il le huma, redressa la tête avec élégance et déclara :

– Vous nous avez réunis ici pour que nous vous fassions part de notre inquiétude, Premier Mage…

« Ah, pensa Mignus, Justin Bucket est là, lui aussi… »

Il se déplaça encore de quelques centimètres, essayant d'apercevoir la chevelure noire et le visage bronzé du Premier Mage, mais il était hors de vue.

– … aussi, continuait le grand maigre, je suggère que nous nous exprimions l'un après l'autre, ainsi vous pourrez répondre à chacun. Cela vous convient-il ?

Il n'y eut pas de réponse, mais Ficelle remercia d'une

inclination de sa tête argentée, laissant supposer que Justin Bucket avait acquiescé à sa proposition.

– Merci, Premier Mage, reprit Ficelle. Me permettez-vous de commencer ? Ma première question est : combien de temps réussirons-nous à garder la famille Wisard sous clé avant qu'on nous interroge sur son sort ?

Gédéon Telfort remit ses lunettes sur son nez :

– Je partage l'inquiétude de notre ami Philibert, Premier Mage. En tant qu'avocat, je dois vous rappeler que, selon les règles juridiques, les charges pesant sur les prévenus doivent être déclarées tôt ou tard. Sinon, nous devrons les relâcher. Nous ne pouvons pas les tenir enfermés sans une accusation précise, vous me comprenez ?

Artémise Tripette ajouta son grain de sel :

– N'oublions pas le problème posé par cette créature, la malockie ! Cela me trouble un tantinet, Premier Mage. Qu'allons-nous faire d'elle, la chère petite mignonne ?

Dorian Babouin quitta le feu du regard pour s'adresser à son tour au personnage invisible :

– Personnellement, Premier Mage, avant même l'arrivée de cette malockie, j'estimais déjà la famille Wisard beaucoup trop puissante. Avec une enfant douée de tels pouvoirs, je ne vois pas comment on peut envisager de les libérer.

Quentin Plumet, sans doute indisposé par la chaleur, s'éloigna de la cheminée et vint se percher sur le bras du fauteuil d'Artémise Tripette. Sa face pâle tournée vers leur interlocuteur, il déclara d'un ton monocorde :

– Et, bien sûr, il y a le garçon. Notre principal souci, Premier Mage. Qu'avez-vous appris à son sujet ? Est-il, lui aussi, doué de pouvoirs magiques comme nous le supposions ?

Il y eut une pause, pendant laquelle les regards des membres du Conseil restèrent fixés vers le centre de la pièce. Tous attendaient visiblement une réponse.

Des pas lents se firent entendre, tandis que le Premier Mage s'avançait vers la cheminée. Mignus ne le voyait que de dos.

Arrivé devant l'âtre, il se retourna.

Ce n'était pas Justin Bucket.

C'était Tobie Jugg.

12. Tobie Jugg

Le sang de Mignus se glaça dans ses veines. Tobie Jugg, son ami, son sauveur ! L'homme que sa mère qualifiait de « type bien » ! Quel choc !

Tobie Jugg adressait son sourire affable aux membres du Conseil, tous des ennemis de la famille Wisard. Le garçon regardait cette scène stupéfiante, bouche bée.

Un mouvement près de lui l'alerta. Il tourna la tête et vit qu'Iggy ouvrait la bouche, sans doute prêt à lancer un bonjour à son maître.

La main du garçon se plaqua sur la figure du petit warlack, dont les yeux de poisson s'écarquillèrent de surprise.

– Chhhhhhhhut, Iggy ! souffla Mignus d'un ton aussi bas que féroce.

– Mmmmffff ? marmonna Iggy en secouant la tête pour se libérer, projetant des gouttes de pluie de tous les côtés.

– Ne fais pas de bruit, Iggy ! Il faut qu'on sache ce qui se passe. Tu diras bonjour à M. Jugg plus tard, d'accord ?

Une lueur de compréhension s'alluma dans les prunelles d'Ignace Tatillon. Il hocha la tête, et Mignus ôta la main de sa bouche.

– Plus tard, hein ? chuchota Iggy à l'oreille de Mignus.

– Oui, plus tard. Pour l'instant, nous devons être aussi discrets que des petites souris.

L'idée dut plaire à Iggy, car un grand sourire découvrit ses dents jaunes. Puis il se concentra sur ce qui se passait en bas, et Mignus en fit autant, avec un soupir de soulagement.

Tobie s'était appuyé contre le manteau de la cheminée, l'air décontracté, les mains enfoncées dans les poches. Il dévisagea un à un les membres du Conseil. Puis il prit une longue inspiration et déclara d'un ton amical :

– Je vous remercie d'avoir exprimé vos inquiétudes, et je serai heureux de répondre à chacun de vous. D'abord, je vous en prie, cessez de me donner le titre de Premier Mage.

– Mais vous êtes le Premier Mage, Tobie, protesta Philibert Ficelle. Vous avez remporté l'élection haut la main !

« Quoi ? s'exclama intérieurement Mignus. Ce n'est pas Justin Bucket qui a gagné ? »

Tobie Jugg s'esclaffa avec cette jovialité qui vous rend tout

de suite le rieur sympathique, et la méfiance de Mignus s'atténua.

« Un homme avec un rire comme ça ne peut pas être mauvais, pensa-t-il. Et maman l'aime bien. Elle ne peut tout de même pas se tromper. »

Un sourire aimable sur le visage, Tobie reprit :

– Que j'aie remporté ou non cette élection n'est pas le problème, mon cher Ficelle. L'essentiel, c'est que Justin Bucket soit persuadé d'avoir été élu Premier Mage de la Guilde des enchanteurs !

– Sur le papier seulement, Tobie, murmura Ficelle.

– Bien sûr ! Ce pauvre idiot de Justin serait incapable de tenir ce rôle. Mais rappelez-vous : nous avons convenu de dissimuler ma victoire, au cas où ma véritable identité serait découverte.

Mignus réfléchissait à toute vitesse :

« Sa véritable identité ? S'il ne s'appelle pas Tobie Jugg, alors, qui est-il ? »

– Cher Premier Mage, susurra Artémise Tripette, je ne vois pas pourquoi nous n'utiliserions pas votre titre, si mérité, lorsque nous sommes entre nous. Séparer le garçon de sa famille pour mieux étudier son comportement, c'était une idée brillante. Et la façon dont vous avez exécuté votre plan ! Brillant, vraiment !

– Merci, Artémise. À présent, si nous revenions à…

Mais on n'interrompait pas Artémise Tripette aisément. Elle tenait enfin l'occasion de faire sa cour au plus important personnage de la Guilde, elle n'allait pas s'en priver !

– Et, cher Premier Mage, continua-t-elle d'une voix onctueuse, vous emparer si brillamment de la petite malockie par la même occasion, c'était… comment dire ? Brillant, oui, brillant !

Tobie s'inclina :

– Merci, merci, Artémise. Néanmoins, j'insiste. Ne me donnez plus ce titre. Si vous vous habituez à le faire en privé, votre langue risque de fourcher en public. Ce secret doit être préservé. Si l'on découvrait que je suis le véritable Premier Mage, ce serait désastreux pour nous tous. Notre programme destiné à changer les règles de la Guilde serait balayé. Aussi, je vous en prie, appelez-moi désormais par mon nom ! Nous sommes d'accord ?

Il y eut des murmures et des marmonnements. Puis Philibert Ficelle répondit :

– Nous sommes d'accord, Premier Mage… euh… Tobie.

– Voilà ! Merci, Ficelle, approuva Tobie Jugg en dévoilant la blancheur éclatante de ses dents.

Des gloussements polis s'élevèrent. Tobie fit un geste de la main et, dans le silence revenu, il déclara :

– Maintenant, venons-en à vos inquiétudes. Combien de temps pouvons-nous garder les Wisard enfermés ? Très peu de temps ! Des questions vont bientôt nous être adressées, auxquelles nous n'avons pas de réponses. Cependant, le problème que pose l'existence de cette famille doit être résolu. Concernant le garçon, ai-je découvert s'il possédait ou non des pouvoirs magiques ? Oui, je l'ai découvert.

Tobie marqua une pause, promenant sur l'assistance son regard bienveillant.

« Il a l'air si décontracté… », pensa Mignus, qui se sentait plus tendu qu'une corde de violon.

Le Premier Mage se mit à marcher de long en large devant la cheminée.

– Je l'ai observé attentivement tout le temps de son séjour au château ; il ne possède aucun pouvoir magique, de quelque sorte que ce soit, affirma-t-il. La malockie, en revanche, est une créature tout à fait extraordinaire, telle que l'a décrite le juge Octavo. Pour l'instant, elle s'épuise vite. Mais, à mesure qu'elle grandira, cette faiblesse disparaîtra. Quant au jeune Mignus, il a affronté nombre de situations périlleuses, et à aucun moment il n'a utilisé la magie pour s'en sortir. Il a simplement fait preuve d'un courage exemplaire, d'une vive imagination et d'une débrouillardise remarquable.

Dorian Babouin intervint d'une voix acerbe :

– À vous entendre, on dirait que vous admirez ce sale gamin !

Tobie fixa Dorian, et, pour la première fois depuis le début de cette conversation, Mignus vit son sourire disparaître.

– Mais oui, je l'admire, fit-il sèchement. Et à juste titre. Lorsque votre adversaire n'est qu'un empoté, vous avez le droit de vous moquer. Quand il se montre brave, intelligent et déterminé, ce serait stupide de ne pas le reconnaître. Même s'il n'a que douze ans.

– Il est un peu difficile de croire, grinça Gédéon Telfort, qu'un gamin aussi jeune ait échappé à tant de dangers sans l'aide de la magie ! Êtes-vous sûr, Tobie, qu'il est sans pouvoir ?

Tobie s'arrêta et s'appuya du coude contre la cheminée :

– Je n'ai pas dit ça, Telfort. Il avait la malockie près de lui. Cependant, les interventions de la petite n'étaient pas toujours d'une grande utilité. Mignus s'est donc débrouillé seul, ce qui est presque miraculeux. J'ai semé une série d'embûches sur son chemin. Comme vous le savez, le labyrinthe des salles, ici, est imbibé d'une mana naturelle, et cette libre forme de magie est programmée pour répondre aux souhaits du Premier Mage régnant. En tant que tel, j'ai créé des situations extrêmement déplaisantes pour le garçon, voire carrément dangereuses. Or, il a survécu à toutes. Un vrai miracle, je le répète. Autre événement miraculeux : le garçon et la malockie se trouvent en ce moment précis à quelques mètres au-dessus de nos têtes. Tandis que la petite, par chance, est endormie, il a écouté la majeure partie de notre conversation. Si ce n'est pas un exploit, dites-moi ce que c'est !

13. Découverts !

Mignus resta pétrifié.

Le reste de l'assistance aussi. Pendant plusieurs secondes, personne ne parla, personne ne bougea. Tobie Jugg, un coude négligemment appuyé contre la cheminée, l'autre main au fond de sa poche, continuait de sourire d'un air aimable.

Soudain, Dorian Babouin sauta sur ses pieds et renversa la tête pour fouiller du regard l'obscurité du plafond :

– Où ça ? Où sont-ils ?

Tobie ne répondit pas. Son sourire s'élargit. Puis, avec lenteur, il sortit la main droite de sa poche et, pointant l'index, il désigna l'endroit où Mignus, Iggy, Matilda et Tinker étaient cachés.

– Ils sont là, Dorian, planqués dans l'ombre. Vous souhaitez tous les voir, n'est-ce pas ? Très bien !

Tobie ne souriait plus. D'une voix dure, il lança :

– Gardes ! Montez sur ce balcon et ramenez-moi cette petite bande d'espions ! Vite, avant qu'ils ne s'enfuient !

Dans un claquement de bottes, trois hommes en uniforme noir surgirent du fond de la salle. Ils escaladèrent à toute vitesse l'escalier de fer et surgirent à côté de Mignus avant que celui-ci ait eu le temps de réagir. L'un d'eux le mit rudement sur ses pieds et le traîna vers l'escalier. En se tortillant, Mignus réussit à regarder derrière lui. Un deuxième homme tenait Iggy par le cou et le tirait sans ménagement.

Moitié marchant, moitié tombant, les captifs arrivèrent en bas. Mignus fut amené devant la cheminée, au centre du cercle des fauteuils, et lâché aux pieds de Tobie Jugg. Une seconde plus tard, le deuxième homme forçait Iggy à s'accroupir sur le plancher.

– Merci, messieurs, dit Tobie.

Les gardes saluèrent et se retirèrent.

– Ignace, ordonna Tobie d'une voix sévère, tu vas rester tranquille. Tiens bien la malockie, et fais en sorte – tu m'entends ? – qu'elle ne se réveille pas ! Est-ce clair, Ignace ?

Le petit warlack déglutit nerveusement et marmonna :

– J'entends, monsssieur Jugg. Qu'elle ne ssse réveille pas. C'est clair.

Tobie tourna alors son attention vers Mignus.

– Content de te revoir, petit ! fit-il de sa belle voix chaleureuse.

Serrant toujours Tinker dans son blouson, le garçon balaya l'assistance du regard. Les visages éclairés par les bougies et par les flammes dansantes étaient tout sauf amicaux. Près de lui, Philibert Ficelle et Artémise Tripette se calaient au fond de leurs fauteuils. Dorian Babouin et Gédéon Telfort occupaient deux autres sièges, un peu plus loin. Derrière eux se dressait la silhouette de Quentin Plumet. Avec ces cinq paires d'yeux fixées sur lui, Mignus se sentait comme un agneau cerné par les loups.

Philibert Ficelle intervint soudain :

– Puis-je vous demander, Tobie, ce que faisaient le gamin et la malockie en liberté dans cette partie du château ?

– Il semble, Ficelle, répondit Tobie Jugg d'un ton désinvolte, qu'ils se soient échappés de leurs quartiers.

– Mais… comment se sont-ils échappés ? insista Dorian avec humeur.

– En étant courageux, intelligents et astucieux, bien sûr.

Mignus sentit la grande main de Tobie lui tapoter l'épaule comme pour montrer à tous son approbation. Puis la main se referma, et le garçon comprit qu'il n'échapperait pas à cette poigne de fer.

Il y eut un long silence, pendant lequel les cinq sorciers se contentèrent de fixer Mignus. Tobie le lâcha et vint se placer face à lui avec son bon sourire :

– As-tu des questions à poser, mon garçon ? À ta place, j'en aurais une foule. Alors, vas-y, je t'écoute !

Oui, Mignus avait des questions. Des tas. Mais lesquelles étaient les plus importantes ? Après un instant de réflexion, il demanda :

– Êtes-vous vraiment le Premier Mage ?

– Je le suis.

– Et pourquoi cela doit-il rester secret ?

– À cause de ce que je suis, bien sûr.

– Vous voulez dire que… vous n'êtes pas vraiment Tobie Jugg ?

Tobie eut un rire heureux, le rire de celui pour qui la vie est un chemin de roses :

– Oh, je suis Tobie Jugg ! Du moins, je l'étais la dernière fois que je me suis regardé.

– La dernière fois qu'il s'est regardé, se pâma Artémise Tripette. Que c'est joliment exprimé !

Tobie continua :

– Je ne suis pas quelqu'un d'autre, petit. Plutôt *quelque chose* d'autre.

Levant les mains, il repoussa les longues mèches grises de ses cheveux et dévoila ses oreilles.

14. Le complot

Les oreilles de Tobie étaient presque entièrement noires.

Ses ténébrins étaient très foncés en haut, et d'un gris sombre vers les lobes. Mignus les fixa, horrifié : Tobie Jugg n'était pas un enchanteur ! Il était un sorcier, et l'un des plus puissants qui fût ! Bien plus puissant que Gédéon Telfort, par exemple, dont seul le rebord des oreilles était noir.

– Surpris ? fit Tobie avec un large sourire.

Mignus ne répondit pas. Son cerveau travaillait furieusement à trouver une explication. Vingt-quatre heures plus tôt, les oreilles de Tobie étaient aussi roses que celles du garçon. Puis son esprit agile trouva l'explication :

– Hier, vous aviez utilisé du maquillage.

Tobie Jugg prit les autres sorciers à témoin :

– Vous comprenez, maintenant ? Ce garçon n'est pas seulement courageux. Il sait aussi se servir de sa cervelle !

Considérant Mignus d'un air pensif, il ajouta :

– Je me maquille, en effet ; du moins, quand je cherche à me faire passer pour un simple enchanteur. Mais satisfais ma curiosité, petit : comment as-tu deviné ?

– J'ai vu du fond de teint dans votre salle de bains. Sur le moment, j'ai cru qu'une femme habitait parfois au château.

Tobie approuva de la tête :

– Je vois. À présent que tu sais à quoi t'en tenir, as-tu d'autres questions ?

Mignus réfléchit. Il avait encore beaucoup de questions, mais l'une d'elles dominait les autres :

– Pourquoi ?

– Pourquoi quoi ?

– Pourquoi… *tout ça* ?

Tobie resta un moment pensif. Enfin, il se redressa :

– Tu veux tout savoir, hein ? Ma foi, pourquoi pas ?

Gédéon Telfort leva un doigt autoritaire :

– Tobie, en tant que votre avocat et conseiller, je vous mets en garde : ne révélez rien qui puisse vous compromettre… et nous aussi !

– Quelle importance ? fit Tobie, insouciant.

– Comment ça, « quelle importance ? », s'offusqua Philibert Ficelle en haussant les sourcils.

– Les mots prononcés dans cette pièce n'en sortiront pas, vous voyez ce que je veux dire ?

Dans le silence qui suivit, les sorciers acquiescèrent un à un, sauf Philibert Ficelle, qui se mordillait nerveusement la lèvre.

– Tobie, cher ami, intervint-il enfin, pardonnez-moi, mais… dois-je comprendre que…

– Tout à fait, Philibert.

« Comprendre quoi ? » s'interrogeait Mignus, empli d'angoisse, tout en essayant de lire une explication sur les visages qui l'entouraient.

– Eh bien, Mignus, mon garçon, reprit Tobie, certains changements se préparent à la Guilde des enchanteurs. Moi, un sorcier, je suis actuellement Premier Mage, ce qui n'est pas autorisé par les règles de la Guilde, comme tu le sais. Nous allons donc commencer par modifier cette règle. Désormais, seul un sorcier sera éligible. Cela établi, je pourrai révéler ma véritable nature. En attendant, nous prétendrons que Justin Bucket est titulaire du titre. D'autre part, l'intérêt d'être Premier Mage, c'est d'obtenir le pouvoir. Cela, mes prédécesseurs ne l'ont jamais compris, car ils n'étaient que de simples enchanteurs. À présent qu'un sorcier a pris la place – même si cela reste encore secret – tout va changer.

– Co… comment ça ? balbutia le garçon.

– La Guilde des enchanteurs interviendra désormais dans les affaires humaines. Elle se l'est toujours interdit, ce qui est absurde, car il y a beaucoup à faire. Tous ces pays, avec leurs gouvernements ridicules, sans cesse en bisbille ! Nous allons abolir ça. Dès que nous, les sorciers, aurons pris le pouvoir, le monde tournera de façon bien plus efficace.

Tobie paraissait immensément satisfait de lui-même, et le garçon sentit une sueur froide lui couler le long du dos : il entrevoyait ce que tous, dans la grande salle obscure, avaient déjà compris. Tobie ne lui révélait ces projets secrets que parce qu'il était sûr d'une chose : le garçon ne les répéterait pas. Dès que le sorcier aurait fini de parler, la vie de Mignus ne tiendrait plus qu'à un fil, facile à rompre.

– Qu'y a-t-il, petit ? s'enquit Tobie avec sollicitude. Tu as un malaise ?

– Non, non, ça va…, bredouilla le garçon en fixant le bout de ses chaussures.

« Il faut que je gagne du temps, pensait-il. Il faut que je le fasse parler… »

– Et… quels autres changements préparez-vous ?

– Ah, nous allons entamer une chasse mondiale aux manafontanas. Ta mère en est une. Il y en a sûrement d'autres, aussi jeunes qu'elle, ici ou là. Nous devons les

découvrir. Après quoi, nous les ramènerons ici, et nous célébrerons un magnifique mariage collectif !

Une rumeur approbatrice monta du petit groupe de sorciers, tandis qu'Artémise Tripette, rosissante, pépiait :

– Je désire depuis si longtemps trouver un bon époux ! Ramenez-moi un beau manafontana, Tobie ! Qu'il soit aussi séduisant que vous !

Tobie s'inclina galamment :

– Je ferai de mon mieux, chère amie.

S'adressant de nouveau à Mignus, il poursuivit :

– Vois-tu, petit, si chacun de nous est associé à une manafontana, plus rien n'entravera notre action.

– Mais… mais… si elles ne veulent pas se marier avec vous ?

Qui voudrait épouser Artémise Tripette ou le ridicule petit Gédéon Telfort ? songeait-il. Dorian Babouin, avec sa face jaune, était aussi peu attirant que possible, Quentin Plumet était insignifiant, quant à Philibert Ficelle, il était bien trop vieux !

– Oh, ce ne sera pas un problème, s'exclama Tobie. Tu n'imagines pas les pilules et les potions que fabriquent nos laboratoires d'alchimie ! Il y a celles qui font tomber amoureux, celles qui obligent les gens à exécuter n'importe quelle tâche. Persuader des manafontanas de nous épouser sera un jeu d'enfant, je peux te l'assurer.

– D'ailleurs, susurra Artémise, qui refuserait une telle proposition ? Devenir le conjoint d'un puissant sorcier ? Je suis sûre que cette petite idiote préférerait être l'épouse de Tobie plutôt que celle d'un ridicule enchanteur de bas étage !

Oubliant toute prudence, Mignus explosa :

– Quelle petite idiote ? Quel ridicule enchanteur ?

Tobie Jugg foudroya du regard Artémise, qui devint rouge de confusion. Un petit silence inconfortable s'installa. Puis Tobie haussa les épaules :

– Bah, je suppose qu'on peut le lui dire, non ?

– Me dire quoi ? demanda Mignus.

Dorian Babouin se leva pour se servir un verre de vin. Il tourna vers le garçon sa face jaune tordue d'un rictus satisfait :

– Tobie n'aura pas besoin de parcourir le monde pour trouver *sa* manafontana. Il en a déjà une toute prête, qui l'attend. Elle s'appelle Muriel Wisard.

Mignus eut l'impression de recevoir une douche glacée. Impossible ! C'était impossible ! Jamais sa mère n'épouserait Tobie Jugg !

– Maman est déjà mariée, objecta-t-il.

Dorian Babouin ricana. Il avala une gorgée de vin et lâcha :

– Plus pour longtemps, petit. Plus pour longtemps...

– Je... je ne comprends pas, balbutia le garçon, tout en sachant parfaitement qu'il avait compris.

– Si ton père est... – comment dire ? – *écarté*, ta mère n'aura plus de mari et sera libre d'épouser Tobie Jugg.

Philibert Ficelle s'agita dans son fauteuil, mal à l'aise :

– Nous n'avons rien de personnel contre toi, petit, j'espère que tu t'en rends compte.

– Bien sûr que non ! s'empressa de confirmer Tobie Jugg. Tu n'es pas en cause, mon garçon. Pour parvenir à nos fins, nous devons suivre un certain plan, voilà tout. Et ce plan prévoit l'élimination de ton père. C'est triste, mais on ne fait pas d'omelette sans casser des œufs, n'est-ce pas ?

Le cœur de Mignus tambourinait follement dans sa poitrine. C'était donc ça, la vérité ! D'une toute petite voix, il demanda :

– Et ma sœur ? Que va-t-elle devenir ?

– Oh, nous allons la chouchouter ! s'écria Tobie sur le ton jovial de celui qui, après avoir dû annoncer une mauvaise nouvelle, en conservait une bonne en réserve pour compenser. Elle est bien trop précieuse ! Ses pouvoirs se développeront à mesure qu'elle grandira. Ce sera extrêmement intéressant d'avoir une malockie dans la famille. Et, puisque je serai son beau-père, j'aurai la possibilité de la contrôler.

« Contrôler Matilda ? pensa Mignus. Bonne chance, monsieur le sorcier ! Je suis le seul qui sache le faire ! »

– Et… moi ?

– Toi, petit ?

– Oui. Qu'est-ce que vous allez faire de moi ?

– Nous allons te garder le temps de voir comment les choses se passent. Mais tu ne te promèneras plus en liberté, je le crains. Gardes !

Les hommes en noir surgirent aussitôt et s'avancèrent dans le cercle de lumière.

– Escortez-nous jusqu'au Centre de détention, ordonna Tobie.

– Le Centre de… détention ? releva Mignus en tâchant de maîtriser le tremblement de sa voix.

– Ne te fais aucun souci. C'est un endroit où tu seras en sécurité.

Artémise toussota pour attirer l'attention :

– Et… cet affreux petit warlack, Tobie ?

– Bonne question, Artémise !

Tobie toisa le pauvre Iggy, accroupi sur le sol et grelottant comme un chien mouillé. Il lâcha un soupir impatienté :

– Je me suis souvent demandé ce que j'allais faire de toi, Ignace. Comme serviteur, tu ne vaux pas grand-chose. Pourquoi ne rejoindrais-tu pas les autres warlacks au Centre de détention, hein ?

– Oh, non ! Sss'il vous plaît ! J'ai obtenu cent tassses de menthe !

– Quoi ? fit Tobie Jugg en fronçant les sourcils.

– Cent tassses de menthe ! répéta Iggy un peu plus fort.

Gédéon Telfort se pencha, l'air amusé :

– Cette créature essaie de vous expliquer qu'elle a obtenu une « sentence clémente ». Son délit n'ayant pas été jugé trop grave, sa peine a été légère.

« Ah, voilà ce que ça signifiait, les cent tasses de menthe ! » pensa Mignus.

– J'avais compris, Telfort, gronda Tobie.

Pointant un doigt impérieux vers Iggy, il demanda :

– Et comment se nomme l'enchanteur qui a recommandé la clémence, Ignace ?

– Sssimon Wisard, dit Iggy en adressant à Mignus un sourire crispé.

– Tiens donc ! Comme c'est intéressant !

Tobie parut se plonger dans de profondes réflexions. Puis il reprit :

– Tu nous accompagneras, Ignace. Tu porteras la malockie avec précaution, sans la réveiller, est-ce clair ?

Iggy approuva vivement de la tête en envoyant des gouttelettes de tous les côtés :

– Oui, monsssieur Jugg.

– Bien ! Allons-y !

Tobie posa sa grande main sur l'épaule de Mignus. Cela pouvait passer pour un geste amical. Mais le garçon se sentit de nouveau emprisonné par une poigne de fer.

Les autres sorciers quittaient leurs fauteuils. Les gardes ouvrirent la marche, et la petite procession se mit en route, Mignus portant toujours Tinker dans son blouson, Iggy serrant Matilda dans ses bras.

15. Le Centre de détention

Ils suivirent une succession de longs couloirs jusqu'à un large escalier de pierre, éclairé par des rangées de spots. Cette partie du bâtiment évoquait plus un immeuble moderne qu'un château.

Ils s'engagèrent sur les marches ; leurs pas résonnaient sourdement tandis qu'ils descendaient, descendaient toujours, à croire qu'ils allaient atteindre les entrailles de la terre. Mignus était surpris : durant toutes ses explorations, comme lors de sa fuite dans les corridors, il n'avait jamais aperçu le moindre escalier ! Où étaient ceux qui conduisaient aux étages supérieurs ? Quel genre de bâtiment était-ce pour avoir d'aussi profonds sous-sols ?

Au bout d'un temps qui parut interminable à Mignus, ils s'arrêtèrent devant une solide porte de fer. Tobie tapota l'épaule de Gédéon Telfort :

– Nous voici arrivés dans votre secteur, Gédéon !

Celui-ci s'avança, appuya sur le bouton d'un haut-parleur accroché au mur. Une voix bourrue se fit entendre :

– Agent Offal en service. Veuillez exprimer votre demande !

De son ton haut perché, Gédéon Telfort déclara :

– Veuillez ouvrir, je vous prie. Nous amenons un... hôte au Centre de détention.

– Tout de suite, monsieur.

Il y eut un claquement de verrou, et la porte tourna sur ses gonds.

Mignus fut poussé dans un hall en demi-cercle, où s'ouvraient plusieurs portes. Un homme corpulent, en uniforme, émergea de l'une d'elles. Il salua respectueusement le groupe de sorciers et les invita à se diriger vers une autre porte, sur le côté. Du gros trousseau pendu à sa ceinture, il tira une clé qu'il fit tourner dans la serrure. Il poussa le battant et s'écarta pour laisser entrer les arrivants.

Ils pénétrèrent dans une petite pièce meublée d'une table de travail et d'une chaise pivotante. Sur la table reposaient un gros micro démodé, accroché à un support, et un interphone muni d'une série de boutons. Le long du mur s'alignaient des armoires métalliques peintes en vert. Dans un coin, il y avait une porte beaucoup plus massive que les autres, dotée de nombreux verrous. À côté, sur un panneau, on voyait deux gros boutons, un noir et un vert. Le vert portait le numéro 20.

L'agent Offal vint se placer derrière le bureau. Son ventre énorme recouvrait presque sa ceinture. Il avait une face rougeaude et bouffie. Ses cheveux roux étaient coupés si ras qu'on voyait briller la peau rose de son crâne au travers.

– Un nouveau pensionnaire pour vous, Offal, déclara Telfort.

Les sorciers s'écartèrent, laissant Mignus et Iggy au milieu du cercle.

L'agent hocha la tête d'un air professionnel et fixa Iggy :

– Je vois qu'on lui a déjà posé un anneau absorbeur. Voilà qui va me simplifier la tâche.

Marchant vers le petit warlack, il tonna :

– Suis-moi, mon gars. Et laisse ta poupée, tu ne peux pas l'emporter là où tu vas.

– Quoi ? fit Iggy en lançant autour de lui des regards affolés.

Tobie se mit à rire :

– Ce n'est pas une poupée, agent Offal. C'est une petite créature des plus précieuses, actuellement endormie. Je vous serais reconnaissant de ne pas la réveiller ; aussi, baissez la voix, je vous prie.

– Oh, bien sûr, monsieur, chuchota le gros homme en jetant un coup d'œil intrigué à Matilda. Et que… euh… que dois-je faire d'elle, monsieur ?

– Laissez-la où elle est. Ce n'est pas Ignace Tatillon que nous vous demandons de garder ici. C'est ce garçon, ainsi que son chien. Ils doivent être tenus en lieu sûr pour quelque temps. En lieu *parfaitement* sûr, vous me comprenez ?

L'agent Offal parut décontenancé :

– Oui, monsieur, je comprends. Mais… je croyais le Centre de détention réservé aux warlacks.

Gédéon Telfort lâcha un soupir impatienté :

– Effectivement, agent Offal. Il s'agit ici d'une situation d'urgence, décidée par les membres du Conseil et le Premier Mage. Veuillez donc exécuter cet ordre sans perdre de temps.

La figure rouge de l'agent tourna au cramoisi. Il se redressa et salua :

– Oui, monsieur ! Tout de suite, monsieur !

Et il s'avança vers Mignus.

– Avec douceur, s'il vous plaît, intervint Tobie Jugg. Le jeune Mignus Wisard est notre hôte, pas notre prisonnier.

– Certainement, monsieur !

Le gros homme dévisagea Mignus, l'air de se demander

comment on traitait un hôte en ces lieux. Puis il marcha vers la porte verrouillée, au fond du bureau en lançant :

– Par ici, jeune homme !

Mignus sentit la main de Tobie serrer fortement son épaule. La lourde porte franchie, il fut poussé dans un vaste corridor. L'agent Offal marchait devant, les autres le suivaient. De chaque côté du couloir s'alignaient les portes des cellules, cloutées de fer, alors que les murs étaient en verre armé, pratiquement incassable. Cela signifiait que les prisonniers n'avaient aucune intimité.

Iggy tira Mignus par la manche. Le petit warlack paraissait terrifié. Il chuchota à l'oreille du garçon :

– C'est un endroit horrible, Mump ! C'est là qu'on met les plus méchants warlacks !

À mesure qu'il passait devant les cellules, Mignus observait leurs occupants : des warlacks de toutes tailles vêtus de combinaisons blanches, le contraire des habits noirs qu'ils portaient à l'extérieur ! Chacun d'eux avait le cou emprisonné dans un anneau absorbeur.

Le garçon n'en reconnut aucun, jusqu'au moment où il aperçut, assis sur un banc au fond d'une cellule, une espèce de géant à la carrure de lutteur.

C'était Buford Matrak !

Lorsque celui-ci découvrit Mignus Wisard, cet odieux gamin, ses narines s'élargirent comme celles d'un taureau furieux. Il sauta de son banc et se mit à tambouriner de ses énormes poings contre le mur de verre.

– Quelqu'un que tu as déjà rencontré, petit ? demanda Tobie.

– C'est M. Matrak.

– Ah oui ! Il a l'air content de te revoir, après votre aventure avec le dragodon. Tu vas sans doute retrouver d'autres vieux amis, ici.

En effet, dans la cellule voisine, Frognel Molace se morfondait en se grattant le visage. À côté, le juge Cédric Jackpot

semblait absorbé par la lecture, mais il tenait son livre à l'envers. Enfin, une cellule un peu plus propre que les autres abritait Griswold Gristle, le banquier.

En voyant passer Mignus, chacun eut une réaction différente. Frognel Molace lui lança un coup d'œil irrité. Puis il haussa les épaules. Le juge Cédric Jackpot agita la main, un vague sourire de connivence aux lèvres.

Le comportement de Griswold Gristle fut le plus perturbant : il se leva et vint écraser son nez contre la vitre. Sa face ronde et blanche resta sans expression ; seuls ses petits yeux noirs suivirent Mignus avec intensité.

– Un accueil bien sympathique, commenta Tobie.

– Est-ce qu'ils… est-ce qu'ils peuvent sortir ? balbutia Mignus.

– Le peuvent-ils, agent Offal ? demanda Tobie.

L'agent se retourna :

– Non, monsieur, sauf au moment de la promenade, une fois par jour. Ils arpentent le couloir pendant une heure. Puis je leur donne l'ordre de regagner leurs cellules, par le micro du bureau. Ils obéissent sans discuter, je vous l'assure, parce qu'ils savent ce qui leur arriverait, sinon.

– Que leur arriverait-il ? s'enquit Mignus de sa voix la plus indifférente.

Il avait remarqué qu'on obtient plus facilement une réponse en employant un ton détaché.

L'agent lui adressa un clin d'œil :

– Les warlacks ne m'aiment pas, et je ne les aime pas non plus ; mais ils savent qui est le patron, ici.

Décidé à en apprendre le plus possible avant qu'on lui ordonne de se taire, Mignus poursuivit :

– Pourquoi les murs sont-ils en verre ?

– Parce qu'on préfère savoir ce qu'ils fabriquent, vois-tu. Ils portent un anneau absorbeur, qui les empêche de lancer des sorts. Mais on leur a laissé leur souffle. As-tu déjà respiré le souffle d'un warlack, petit ?

Mignus hocha la tête. Jamais il n'oublierait l'haleine pestilentielle de Basil Tramblebone.

– Alors, tu comprends l'utilité des murs de verre : on peut les voir, pas les sentir !

– Mon sssouffle à moi est horrible, se rengorgea Iggy.

L'agent Offal fronça les sourcils.

– Ne t'avise pas de l'utiliser, ça vaudra mieux pour toi, grogna-t-il.

Ils étaient arrivés au bout du couloir. La dernière cellule sur la gauche était vide, sa porte ouverte. C'était la numéro 20.

– Te voilà arrivé, petit, dit l'agent. Tu seras bien, ici.

D'une poussée, Tobie le projeta en avant. Le garçon n'avait aucun moyen de résister ; il entra et posa Tinker sur le sol.

Appuyé avec décontraction contre le mur de verre, Tobie demanda, tout en souriant amicalement à Mignus :

– Vous répondez de sa sécurité, agent Offal ?

– Absolument, monsieur ! Voilà comment les choses se dérouleront : dans deux heures, au moment de laisser sortir les warlacks, j'appuierai sur le bouton noir, qui déverrouille toutes les cellules. Nous bénéficions d'un équipement électronique, ici, voyez-vous ! Chaque cellule est munie d'un système de communication qui me permet de parler aux prisonniers et de les entendre. La plupart du temps, je ne m'en sers pas, la conversation des warlacks n'étant pas ma tasse de thé. Oh, oui, tout est très moderne !

Et la sécurité de ce jeune homme sera en tous points assurée, puisqu'il occupe la cellule 20, qui fonctionne indépendamment des autres. Le bouton vert que vous avez vu dans mon bureau ne commande que cette porte. Cette cellule nous sert d'habitude à isoler les warlacks trop agressifs.

– Parfait ! approuva Tobie.

Puis il ordonna :

– Iggy ! Donne-moi la malockie !

Le warlack parut perplexe. Visiblement, il répugnait à obéir, car tous les muscles de son visage s'agitaient comme si des vers se tortillaient sous sa peau. Tobie Jugg patienta un instant. Enfin, il gronda :

– La malockie, Iggy ! DONNE-LA-MOI !

Ce ton impérieux terrifia le warlack. Sans un mot, il détacha les mains de Matilda, accrochées à son cou, et la tendit, toujours endormie.

Tobie la reçut doucement sur son bras.

L'espace d'un instant, Mignus resta pétrifié, l'esprit vide. Il voulait crier à Tobie de lui rendre sa petite sœur. Il voulait garder Matilda ici, avec lui. Mais, avant qu'il ait pu réagir, Tobie saisit Iggy par le col et le poussa si violemment à l'intérieur de la cellule qu'il fut projeté contre le mur du fond.

– Ouille ! gémit-il en s'écroulant sur le sol.

Tobie lança d'une voix sifflante :

– Warlack un jour, warlack toujours ! La sentence clémente est annulée. Bienvenue dans ta nouvelle demeure, Ignace Tatillon !

La porte se referma avec un *BANG !* sonore, et le verrou s'enclencha.

Iggy éclata en sanglots :

– Ooooooh ! Pourquoi il a fait ça ? Pourquoi il m'a pris la petite créature ? Ooooooh !

Mignus se pressa contre la paroi de verre. L'agent Offal se tenait à quelques mètres des sorciers, qui s'étaient regroupés autour de Tobie, l'écoutant chuchoter quelque chose. Ils discutèrent entre eux à voix basse avec animation.

Quand il fut clair qu'ils étaient tombés d'accord, Tobie fit signe à Offal d'approcher ; il lui parla. Mignus vit l'agent refuser de la tête d'un air contrarié. Tobie sortit alors de sa poche une liasse de billets et la fourra dans la grosse main du bonhomme. Le garçon n'avait jamais vu autant d'argent de sa vie. L'agent acquiesça, et les sorciers lancèrent des regards satisfaits en direction de la cellule ; Tobie tapota amicalement l'épaule d'Offal.

Puis le petit groupe s'éloigna le long du corridor et disparut par la porte, tout au fond.

Iggy gémissait si pitoyablement que Mignus vint s'asseoir près de lui, le dos appuyé contre le froid mur de pierre. Tinker, devinant que le garçon n'était pas près de bouger, se roula en boule, le nez sur ses pattes, et s'endormit.

Mignus n'arrivait plus à réfléchir. Il s'inquiétait surtout pour sa sœur. Où les sorciers allaient-ils l'emporter ? Qu'allaient-ils lui faire ?

N'ayant pas la réponse, le garçon se concentra sur un autre sujet :

« Que signifiaient ces messes basses entre les sorciers ? Pourquoi Tobie a-t-il donné une telle somme à l'agent Offal ? Pourquoi les sorciers m'ont-ils lancé des regards aussi satisfaits en partant ? Pourquoi Tobie a-t-il enfermé Iggy avec moi ? »

Une dernière question, surtout, le tourmentait :

« Tobie a dit qu'ils garderaient maman et Matilda. Ils vont donc se débarrasser de papa. Et moi ? Que va-t-il m'arriver ? »

Peu à peu, une explication se dessina dans son esprit : Tobie avait obtenu d'Offal un service en échange d'une grosse somme d'argent. Offal commandait l'ouverture des portes des cellules, qui s'ouvraient toutes ensemble, sauf une. Tobie avait demandé quelque chose à l'agent Offal, qui avait d'abord refusé. Après avoir reçu la liasse de billets, il avait accepté, et tous les sorciers s'étaient tournés vers la cellule de Mignus avec des sourires mauvais.

Le garçon avait compris : Offal ne laisserait pas sa porte fermée ! Il l'ouvrirait en même temps que les autres, quand viendrait l'heure de la promenade pour les warlacks. Rien n'empêcherait alors Griswold Gristle, Buford Matrak, Frognel Molace et le juge Cédric Jackpot de pénétrer dans sa cellule.

Et de souffler sur lui.

Mignus se souvenait de l'effet produit par l'haleine empoisonnée des warlacks. Celle de Jackpot vous couvrait le corps d'horribles furoncles très douloureux ; celle de Molace provoquait d'épouvantables rages de dents. Mais les souffles des deux autres étaient mortels. Celui de Buford Matrak donnait aux microbes habitant votre organisme la taille de grosses araignées, et ils vous dévoraient vivant. Quant à celui de Griswold Gristle, il asséchait toute l'eau de votre corps, la sueur, les larmes, le sang, et il ne restait de vous qu'une enveloppe racornie.

Cette fois encore, Mignus n'avait près de lui ni son père, ni sa mère, ni Nanny Flannel. Il ne pouvait même plus compter sur Matilda pour lancer un sort au bon moment. Il ne restait que Tinker et Ignace Tatillon. Mais, dans l'état d'abattement où il était, ce dernier ne lui serait d'aucun secours. D'ailleurs, pourquoi l'aiderait-il contre des warlacks ? Il en était un lui-même.

Mignus sauta sur ses pieds et vint secouer la porte de sa cellule. Ça ne servait à rien, bien sûr, mais c'est ce que font tous les prisonniers que l'on vient d'enfermer.

« Deux heures, pensa le garçon. L'agent Offal ouvrira les portes dans deux heures. Il me reste deux heures pour trouver le moyen de nous sortir de là, Tinker, Iggy et moi ! »

16. Iggy à l'œuvre

Mignus savait par expérience que, s'il s'asseyait pour réfléchir – réfléchir à fond – à un problème, il finissait presque toujours par avoir une illumination. Auparavant, certaines solutions lui étaient ainsi venues très vite, parce que, sinon, il ne donnait pas cher de sa peau. Cette fois, il bénéficiait d'un peu de temps pour trouver une brillante idée. Il alla donc s'asseoir sur le banc et analysa la situation.

Comment ouvrir une porte équipée d'une serrure électronique ?

Iggy avait dit posséder un seul et unique talent, celui d'ouvrir n'importe quoi. Il saurait peut-être ouvrir cette porte-là et leur permettre de sortir ?

Seulement, Iggy portait un anneau absorbeur, qui l'empêchait d'utiliser sa magie. Quant à son sort d'exhalaison, il se contentait de tuer les insectes.

Oui, mais… sans l'anneau absorbeur ?

Clic, clic, clic... On aurait presque entendu tourner les rouages dans le cerveau du garçon.

Soudain, il eut une idée.

Mignus retourna s'asseoir près du warlack. Celui-ci leva vers lui un visage bouffi par les larmes, et le fixa de son regard de poisson.

– Pourquoi il a fait ça, monsssieur Jugg ? gémit-il. Pourquoi il m'a pousssé là-dedans ? Pourquoi il m'a enlevé la gentille petite créature ? Je lui ai toujours obéi, je ne faisais de mal à persssonne.

– J'en suis sûr, Iggy, dit Mignus d'un ton amical.

Il se tut quelques secondes, cherchant comment changer de sujet. Enfin, il reprit :

– Iggy, quand tu étais cambrioleur – je veux dire *cabrioleur* –, t'est-il arrivé d'ouvrir quelque chose sans utiliser ta magie ?

Ignace Tatillon jeta vers le couloir un coup d'œil apeuré :

– Je ne sssuis plus cabrioleur, Mump. Je sssuis un honnête warlack, maintenant.

– Je le sais, Iggy. Mais avant ?

Le petit warlack se concentra, le front plissé par l'effort. Puis il hocha discrètement la tête.

– Qu'as-tu ouvert, Iggy ?

– Des ssserrures.

Mignus fronça les sourcils :

– Pourtant… je croyais que tu avais besoin de magie pour ça ?

– C'est vrai, acquiesça Iggy, sur le ton de celui qui s'adresse à un interlocuteur un peu borné. J'en avais besoin, mais ssseulement pour les ssserrures compliquées. On ne peut utiliser un sssort important qu'une fois par jour, tu le sssais bien. Alors, je ne gassspillais pas mes sssorts sssur des ssserrures sssimples.

– Et comment ouvres-tu les serrures simples, Iggy ?

Le warlack plissa les yeux, méfiant :

– C'est mon sssecret, Mump. Ssseuls les cabrioleurs le connaisssent. Et tu n'es pas cabrioleur.

« Comment le faire parler ? se demandait Mignus. Les warlacks ne sont pas très malins, et celui-ci encore moins que les autres… La flatterie ! Je vais essayer la flatterie. »

– Tu es si intelligent, si brave, Iggy ! Tu m'as sauvé trois fois. Tu es quelqu'un de merveilleux. Je voudrais tant te ressembler ! Je voudrais tant devenir cambrioleur, comme toi ! Est-ce que tu veux bien m'apprendre ?

Le visage d'Iggy s'illumina :

– Oh, Mump ! Je ssserai très content de t'apprendre. Je ssserai le meilleur des professseurs ! Parce que je sssuis le meilleur cabrioleur du monde ! Le meilleur essscaladeur de toits, le meilleur briseur de fenêtres, le meilleur…

– J'en suis certain, Iggy. Et sais-tu ce que je voudrais apprendre en premier ?

– Quoi donc, Mump ?

– Je veux commencer par le commencement : ouvrir les serrures simples. Tu veux bien me montrer ?

– Évidemment, Mump ! Ce n'est pas difficile. Il te faut ssseulement un petit morceau de métal, long comme ça...

Il écartait son pouce et son index de deux centimètres.

– Tu mets le bout de métal dans la ssserrure, tu l'agites dans un sssens, dans l'autre, puis tu le remues-remues-remues très vite. Et, sssi tu es habile, la ssserrure sss'ouvre. Je sssuis le meilleur ouvreur de petites ssserrures, de moyennes ssserrures et de grossses ssserrures !

La question suivante était la plus importante. Mignus articula soigneusement :

– Ce bout de métal, Iggy, tu l'as encore ?

Le warlack s'assombrit :

– Non. Ils me l'ont pris quand j'ai été après-denté.

La déception envahit Mignus. Deux secondes plus tard, il farfouillait dans ses poches à la recherche de n'importe quoi qui pourrait ressembler à un bout de métal. Il ne trouva que le sac contenant les bonbons.

Les bonbons ! Il les avait oubliés ! Leurs aventures dans le château Caltrop avaient été si imprévisibles qu'il n'avait pas pensé à les utiliser. À présent, trouver un petit bout de métal lui paraissait beaucoup plus urgent.

« Réfléchis, Mignus. Il y a sûrement une solution... »

Oui, il y en avait une.

– Ma brosse à dents, tu l'as toujours ?

Le warlack plongea la main dans sa poche de veste mouillée et en tira l'objet.

– Je peux te l'emprunter un instant ?

Iggy lui lança un regard soupçonneux :

– Tu me la rendras, hein ?

– Promis !

Iggy la lui tendit à contrecœur. Sans hésitation, Mignus retira la brosse du manche.

– Aaaaah ! piailla Iggy. Tu l'as casssée !

– Mais non, regarde ! Ça s'enlève et ça se remet, comme ça.

Iggy observa l'opération à plusieurs reprises, dubitatif, avant d'être enfin rassuré.

Mignus retira de nouveau la brosse, dégageant au bout du manche un embout de métal d'environ deux centimètres de long.

– Est-ce que ça ressemble à ce que tu utilisais, Iggy ?

Le warlack secoua la tête :

– Non, Mump. Pas du tout. Il n'y avait pas de manche.

– Mais ça pourrait marcher, non ?

– Je sssuppose que oui.

– Très bien. Alors, montre-moi comment tu ouvres une serrure !

– Quelle ssserrure, Mump ?

Le garçon posa le doigt sur l'anneau absorbeur.

– Celle-là, Iggy, dit-il doucement.

Le warlack recula, l'air choqué :

– Ouvrir mon anneau ? Ce ne ssserait pas bien. M. Jugg n'aimerait pas ça.

– C'est toi qu'il n'aime pas, Iggy ! s'exclama Mignus. Il t'a jeté dans cette cellule avec moi. Il t'a enlevé Tilly. Tu n'as plus à obéir à M. Jugg ! Alors, s'il te plaît, montre-moi comment ouvrir cette serrure !

Et il fourra d'autorité la brosse à dents dans la main du warlack.

Celui-ci secoua la tête :

– Je ne peux pas le faire, Mump.

– Pourquoi ? C'est une serrure compliquée ?

Iggy renifla avec mépris :

– Nan ! Sssuper sssimple. Je ne peux pas l'ouvrir parce que je ne la vois pas. Il faut que je la voie !

Il se démancha le cou pour prouver à Mignus que c'était impossible.

– Je pourrais peut-être le faire, si tu m'indiques comment m'y prendre ?

– Je te l'ai déjà expliqué : tu mets le bout de métal dans la ssserrure, tu l'agites dans un sssens, dans l'autre, puis tu le remues-remues-remues très vite.

– Je peux essayer ?

– Tu peux, déclara le warlack d'un air hautain. Mais tu n'y arriveras pas, parce que tu n'es pas cabrioleur.

Il leva tout de même le menton, laissant voir l'anneau gris. Mignus constata qu'une serrure ordinaire tenait les deux moitiés ensemble. Soigneusement, il introduisit la pointe de métal dans le trou. Il l'agita dans un sens, dans l'autre, il la remua vivement.

Rien ne se passa.

– Tu ne remues-remues-remues pas asssez vite, critiqua Iggy, les yeux au plafond.

Mignus, concentré, serrait le manche de la brosse si fort

qu'un de ses doigts glissa sur l'interrupteur. L'appareil se mit à vibrer.

– Ooooh ! fit Iggy, admiratif. Ça, c'est bien ! Tu remues-remues-remues presssque ausssi vite que moi !

À cet instant, l'anneau émit une sorte de *dzong !* et ses deux moitiés se séparèrent.

Iggy baissa le menton, stupéfait. Il ôta l'anneau de son cou. Puis il sourit de toutes ses dents pointues :

– Tu vois, Mump ? C'est comme ça qu'il faut faire. Ooooh, que je sssuis malin !

Il se lança dans un grand discours sur ses talents comme forceur de serrures jusqu'à ce que Mignus l'interrompe :

– Écoute-moi, Iggy ! Maintenant que tu n'as plus ton anneau, saurais-tu utiliser ta magie pour ouvrir cette porte ?

Le warlack fixa le lourd battant, et un coin de sa lèvre se souleva de mépris :

– Pff ! Cette vieille porte ! Trop facile !

– Alors, vas-y ! Vite !

Iggy arqua les sourcils :

– Mais… M. Jugg sssera très fâché ! Ôter mon anneau, et maintenant ouvrir cette porte…

Cette fois, Mignus perdit patience. Attrapant le petit warlack par les épaules, il le secoua si rudement qu'il en fut tout éclaboussé :

– Iggy ! Tobie Jugg est notre ennemi ! Il nous a enfermés, il nous a pris Tilly. Il veut tuer mon père, mon père qui a obtenu une sentence... je veux dire cent tasses de menthe pour toi ! Et il veut nous tuer, nous aussi ! Tu ne comprends donc pas ?

Il le lâcha, et la tête du warlack cessa d'osciller d'avant en arrière. Iggy se remit à grimacer, tandis que son petit cerveau analysait ces informations. Enfin, il fixa Mignus d'un air solennel :

– D'accord, Mump. Je vais le faire. Mais ne me sssecoue plus comme ça, d'accord ? Et rends-moi mon arme sssuper-lectrique !

Mignus remit la brosse sur la poignée et tendit l'appareil à Iggy, qui le fourra dans sa poche. Après quoi, le petit warlack se planta face à la porte, prit une longue inspiration et lâcha :

– *Incasssriek gorgogach plurgholipsss !*

Deux rayons lumineux, couleur lavande, jaillirent de ses yeux et frappèrent la serrure, qui se mit à grésiller comme un œuf sur une poêle. Une seconde plus tard, Mignus entendit clairement un *plonk !* métallique.

Les rayons s'éteignirent, et Iggy resta là, l'air très satisfait de lui.

– Tu... tu as réussi, Iggy ? balbutia Mignus en fixant la porte, qui n'avait pas bougé.

– Évidemment, j'ai réusssi !

Le petit warlack traversa la cellule, posa le plat de la main contre le battant et poussa. La porte tourna sans bruit sur ses gonds bien huilés.

– Magnifique, Iggy !

Le garçon passa prudemment la tête par l'ouverture et observa le bout du couloir. Alors, son cœur sombra dans sa poitrine : l'autre porte ! Il avait oublié la deuxième porte, celle qui menait au bureau de l'agent Offal ! Elle était verrouillée ! Ils avaient fait tout ça pour rien. Ils étaient coincés dans le Centre de détention, séparés de la liberté par une énorme porte et un garde tout aussi énorme.

Après un instant de découragement, Mignus fit de nouveau travailler sa tête. Et il lui vint une deuxième idée. Comme souvent au cours de ses précédentes aventures, c'était terriblement risqué. Mais il ne voyait pas d'autre moyen, et il n'avait pas le temps d'imaginer autre chose.

Il exposa son idée à Iggy. Il dut l'expliquer à six reprises avant de juger que le warlack avait – peut-être – saisi. Il recommença encore trois fois pour faire bonne mesure. À la fin, Iggy hocha la tête :

– J'ai compris, Mump.

« Espérons-le », pensa Mignus.

Il se tourna vers Tinker, que le claquement de la serrure avait réveillé et qui le fixait avec intérêt. Son jeune maître semblait beaucoup aimer parler à l'oreille de l'individu mouillé qui les accompagnait partout ; Tinker s'appliquait donc à ne pas lui montrer les dents.

– Assis, Tinker !

Le petit chien savait ce que cet ordre signifiait : il devait se poser sur son derrière et ne plus bouger. Il obéit donc, regardant Mignus et Iggy se glisser par l'entrebâillement de la porte. L'instant d'après, ils avaient disparu.

Les deux évadés remontèrent le couloir en hâte. À leur passage, Mignus devinait des mouvements dans les autres cellules. Il aperçut du coin de l'œil la face furieuse de Buford Matrak ; celle, ahurie, du juge Cédric. Mais il était trop tard pour reculer. Ils atteignirent bientôt la porte du bureau.

Prudemment, Mignus tenta de l'ouvrir. Elle était verrouillée, comme il s'y attendait. Alors, s'appuyant contre le mur, sur le côté, le garçon passa un bras autour de la taille de son compagnon pour le serrer contre lui.

– Prêt ? chuchota-t-il.

– Prêt, Mump !

– Tu sais ce qui va se passer, Iggy ?

– Tu me l'as expliqué un million de fois !

– Alors, allons-y !

Mignus tira de sa poche le sac de bonbons. Il chercha l'un des derniers bonbons jaunes, le tint entre le pouce et l'index, tout près de sa bouche. Et ils attendirent.

Au bout d'un long moment, Tinker en eut assez de rester assis. Le garçon qui sentait si bon avait dû l'oublier. Alors, Tinker, comme Mignus l'avait prévu, leva la tête et émit un long hurlement.

C'était la partie la plus hasardeuse du plan. Que se passerait-il si l'agent Offal était dur d'oreille ? Si la porte était trop épaisse pour que les sons passent au travers ? Si Tinker, fatigué de hurler, abandonnait son poste pour les rejoindre ?

Ses doutes furent vite balayés. Il y eut un *clong !* sonore, et la porte commença à pivoter. Aussitôt, Mignus fourra le bonbon dans sa bouche et le mastiqua rapidement.

Iggy et lui devinrent invisibles.

Mignus sentit le warlack se crisper d'effroi. Il lui avait pourtant expliqué – neuf fois ! – ce qui se passerait quand il mangerait un bonbon jaune : il disparaîtrait, lui et tout ce qu'il tiendrait. Mais Iggy s'affolait si facilement ! Il risquait de pousser un de ses cris aigus de warlack. Aussi, par prudence, Mignus posa une main invisible sur la bouche invisible de son compagnon.

La porte s'ouvrit largement, et l'imposante silhouette de l'agent Offal apparut. Il observa le couloir vide, découvrit la cellule du fond ouverte, écouta les hurlements qui en provenaient.

– Qu'est-ce que..., marmonna le gros homme.

Il s'élança dans le corridor. Aussitôt, Mignus poussa Iggy vers la porte ouverte :

– Vas-y ! Vite !

Dès qu'Iggy échappa aux bras de Mignus, il redevint visible. Il examina ses mains avec soulagement. Alors, le cœur du garçon cessa presque de battre : Iggy restait là, devant l'ouverture, à se tapoter le corps !

– Ne perds pas de temps ! siffla Mignus. Avance !

Au son de cette voix, le warlack sursauta et parut se rappeler ce qu'il avait à faire, car il se faufila aussitôt dans le bureau d'Offal. Dès qu'il eut disparu, Mignus s'élança derrière l'agent, espérant que les hurlements de Tinker couvriraient le bruit de ses pas. Il vit Offal entrer dans la cellule.

Plus que deux mètres ! Mignus accéléra ; il se jeta contre la porte massive, qui s'ébranla.

– Tinker ! cria-t-il. Viens ici !

Ça paraissait urgent ; le petit chien obéit donc sur-le-champ. Il fonça comme un boulet de canon entre les jambes de l'homme au gros ventre, qui l'avait regardé d'un air complètement idiot, à croire qu'il n'avait jamais vu un chien.

Tinker jaillit hors de la cellule juste avant que la porte se soit complètement refermée.

Elle se remit en place avec un claquement sourd, et Mignus hurla de toute la force de ses poumons :

– Maintenant, Iggy ! Maintenant !

Ça aurait pu marcher. Le rôle d'Iggy dans cette opération était des plus simples. Tout ce qu'il avait à faire, c'était d'appuyer sur le bouton vert marqué du nombre 20 quand Mignus lui crierait « maintenant ! ».

Mais, entre le moment où Mignus lui avait expliqué son plan et celui où le warlack s'était retrouvé dans le bureau, ses idées avaient eu le temps de s'embrouiller.

« Poussser sur un bouton, se souvint-il. Mais lequel ? Il y en a deux, un noir et un vert... »

Du fond du couloir lui provenait la voix paniquée de Mignus :

– Le bouton, Iggy ! Le bouton !

« D'accord, d'accord, Mump ! »

Et Iggy, en petit warlack affolé et pas très malin qu'il était, étendit les deux index. Il enfonça le bouton noir et le bouton vert, exactement en même temps.

17. Encerclés !

Quand Iggy eut poussé les deux boutons, Mignus entendit d'abord un *plonk!* sonore qui l'emplit de joie : la serrure électronique de la cellule 20 venait de se verrouiller.

Le garçon lâcha un gros soupir de soulagement. L'agent Offal était enfermé. De fait, le gros homme fixait la porte, les sourcils arqués d'étonnement. Il s'approcha, poussa le lourd battant, le secoua. Mais rien ne le ferait plus bouger, sauf si on appuyait de nouveau sur le bouton vert, évidemment.

Offal posa le front contre le mur transparent pour observer le couloir. Il ne vit d'abord que le petit chien. Soudain, le garçon se matérialisa devant ses yeux. L'agent en resta bouche bée.

Puis la fureur l'emporta sur l'étonnement :

– Fais-moi sortir d'ici, toi ! Tout de suite, tu entends ?

Mignus entendit. Il entendit également autre chose.

– Tiens, tiens, tiens, susurra une voix, dans son dos. Comme on ssse retrouve, Mignusss Wisard !

Le garçon pivota.

Devant lui se tenait un petit homme rondelet, aussi chauve qu'une boule de billard.

Un sourire sarcastique dévoilait les dents pointues de Griswold Gristle. Mignus découvrit alors que les portes des autres cellules s'étaient ouvertes, et que des dizaines de warlacks en sortaient à pas lents.

Le garçon en eut le souffle coupé. Que s'était-il passé ?

Il trouva rapidement la réponse : Iggy avait appuyé sur les deux boutons !

– Cédric ! Monsssieur Matrak ! Monsssieur Molace ! criait Gristle en se frottant les mains de contentement. Venez donc voir qui est là !

L'impressionnante carcasse de Buford Matrak émergea de sa cellule. Il avait une drôle d'allure sans son casque de moto et sa veste de cuir noir. À vrai dire, dans sa combinaison blanche de prisonnier, Mignus le trouvait encore plus énorme et plus terrifiant qu'avant.

Frognel Molace passa la tête par l'ouverture de sa porte. Il avait encore perdu quelques-uns de ses précieux cheveux, et la maigre mèche grise plaquée sur son crâne en était d'autant plus ridicule. Son visage était toujours rouge et gonflé par les furoncles qu'avait provoqués le souffle du juge Cédric sur Fou-Rire-Land. Caressant sa mèche du plat de la main, il s'approcha :

– Mignusss Wisard ! J'attendais cette rencontre avec grande impatience !

Buford Matrak dominait les deux autres de toute sa taille. Il ne cessait de serrer et desserrer les poings, son front étroit barré d'une ride menaçante.

– J'aurais dû t'écraser comme un insssecte, gamin, rugit-il, et sa voix roula dans le corridor comme un grondement de tonnerre. Cette fois, je ne laissserai pas passser l'occasion.

Griswold Gristle tourna la tête et appela :

– Cédric ! Venez donc voir !

Le juge Jackpot passa nerveusement sa tête blanche à la porte de sa cellule. Il se tenait la mâchoire. Apparemment, la rage de dents que lui avait infligée Molace n'était pas apaisée.

– Qu'y a-t-il, Grissswold ? demanda-t-il, examinant le couloir d'un regard incertain. Ce n'est pas l'heure de la promenade, il me sssemble.

– Mais sssi, Cédric ! s'exclama Griswold, tout excité. Et quelle agréable compagnie nous aurons ! Voyez qui est ici ! Le jeune monsssieur Wisard ! Nous allons bien nous amuser !

Le juge Cédric Jackpot s'avança en titubant sur ses vieilles jambes et plissa ses yeux de myope :

– Est-ce posssible ? C'est bien lui ! N'avait-il pas été dévoré par un dragon ?

– Non, Cédric, rappelez-vous ! Il en a réchappé. Mais le voilà à notre merci. Et, cette fois, il n'en réchappera pas.

S'adressant à Mignus, Griswold Gristle soupira, assez fort pour que le juge entende :

– Ce pauvre Cédric ! Sssa mémoire ne va pas en sss'arrangeant. C'est ta faute, mon garçon ! Tu es la cause de tous nos malheurs. Mais nous te tenons, à présent. Ton père n'est pas là pour te protéger, ni ta mère pour sssoutenir ton père, ni Nanny pour ssse mêler de nos affaires ! Tu es ssseul, Mignusss Wisard ! Ssseul face à nous avec ton ssstupide petit chien !

Mignus baissa les yeux et vit Tinker à ses pieds, le poil hérissé, les babines relevées. Instinctivement, le garçon se baissa et prit le chien dans ses bras. Ce faisant, il sentit quelque chose de dur dans sa poche.

Les bonbons ! Ils représentaient son dernier espoir ! Mais il n'en restait plus qu'un jaune. S'il mettait la main dans le sac et tirait un bonbon au hasard, combien de chances avait-il de tomber sur le bon ? Et s'il sortait tout le sachet de sa poche, les warlacks ne se méfieraient-ils pas ?

Que faire ? Que faire ?

Ces cogitations ne lui avaient pris qu'une seconde. Entre-temps, Griswold Gristle avait réfléchi de son côté.

– Eh bien, Mignusss Wisard, s'exclama-t-il avec jovialité, le moment est venu de prendre notre revanche ! Mon sssort d'exhalaison et celui de M. Matrak ont tous deux une isssue fatale, nous les utiliserons donc en dernier. Lequel de nos deux collègues aura l'honneur de commencer ? Le juge Cédric t'infligera-t-il de douloureux furoncles ? À moins qu'une rage de dents provoquée par M. Molace ne te convienne mieux ? Quoi qu'il en sssoit, ce sssera fort divertisssant pour tout le monde !

Griswold désigna l'assistance d'un large geste du bras, et Mignus découvrit qu'une petite foule s'était agglutinée derrière ses quatre ennemis. Les warlacks observaient la scène de leurs yeux de poisson par-dessus les épaules de Griswold Gristle, Frognel Molace et Cédric Jackpot, ou se penchaient avec curiosité de chaque côté de Buford Matrak, dont la haute taille leur bouchait la vue.

– Mes amis, leur lança Griswold Gristle de sa voix de fausset, ce gamin est le filsss de Sssimon Wisard, le trissstement célèbre chassseur de warlacks.

À ce nom, un sifflement haineux monta de l'assemblée :

– Sssimon Wisard ! Sssimon Wisard !

Griswold Gristle leva sa main boudinée :

– Et ce n'est pas tout ! Ce gossse est resssponsssable de notre capture à tous les quatre. C'est à cause de lui que nous sssommes enfermés dans cet horrible endroit. C'est lui qui…

Il s'interrompit, soudain conscient qu'il se rendrait ridicule s'il donnait davantage de détails.

– Ooooh ! Ce n'est pas de chance, compatit un jeune warlack aux cheveux filasse, dont les grandes oreilles pointaient de chaque côté de son crâne comme les anses d'une tasse. Alors, lui, il sss'est fait prendre par un gossse encore plus malin ?

Buford Matrak le foudroya du regard.

– Ferme ton ssstupide clapet, rugit-il.

Tous les yeux se tournèrent vers Matrak et le jeune warlack, qui se recroquevillait de peur. Mignus sauta sur l'occasion. Il plongea la main dans le sac de bonbons, au fond de sa poche. Il en saisit une pleine poignée et, tenant discrètement la main contre sa hanche, il jeta un rapide coup d'œil. Il tenait une dizaine de bonbons, mais pas un seul jaune.

Gristle s'était retourné juste à temps pour observer l'air désespéré du garçon :

– Qu'y a-t-il, cher petit ?

– Rien, rien…, grommela Mignus en refermant sa main.

– Rien, vraiment ? ironisa Gristle. Nous avons déjà eu affaire à tes manigances ! Tu as quelque objet magique sssur toi, n'est-ce pas ? Monsssieur Matrak, sssoyez asssez aimable pour examiner ce que le gossse tient caché dans sssa main.

Matrak s'avança et se pencha sur Mignus telle une montagne au-dessus d'une taupinière.

– Ouvre la main ! gronda-t-il.

Mignus réfléchissait à toute vitesse. Il avait bien une idée. Il n'était pas sûr que ça marche, mais c'était un coup à tenter.

Il clama gaiement, comme s'il s'adressait à ses copains d'école :

– Qui veut un bonbon ?

En même temps, il lança la poignée en l'air, par-dessus les têtes tournées vers lui.

L'effet fut immédiat.

Mignus avait une bonne connaissance des warlacks. Il avait vécu plusieurs années avec son horrible tuteur, Basil Tramblebone. L'une des choses qu'il avait apprises, c'est que les warlacks étaient gourmands de sucreries. Quand Basil jouait avec son circuit de trains miniature, dans son grenier, il dévorait toujours une pleine assiettée de beignets recouverts de sucre et avalait une cruche de limonade. Quant à Iggy, il avait failli manger à lui tout seul le contenu du sachet de bonbons.

Mignus avait également constaté que les warlacks n'étaient pas très malins.

Tous, y compris Gristle, Molace, Matrak et le juge Jackpot, s'étaient déjà précipités sur les petites choses ovales et colorées qui roulaient sur le carrelage.

– Des bonbons ! Des bonbons ! piaillaient-ils à quatre pattes, fourrant dans leur bouche ceux qu'ils avaient la chance d'attraper.

Cela donna à Mignus le temps de tirer le sac de sa poche et de regarder à travers le plastique. Et, là, parmi les quelques bonbons restants, il y en avait un jaune. Il le saisit entre le pouce et l'index, et jeta les derniers dans la mêlée des warlacks.

Griswold Gristle, qui était un peu moins bête que les autres, se releva assez tôt pour avoir confirmation de ses soupçons.

« Pourquoi nous lancer des bonbons ? pensa-t-il. Et qu'est-ce qu'il ssserre entre ssses doigts ? Il prépare quelque chose… »

– Monsssieur Matrak ! appela-t-il. Venez vite, et immobilisez ce gamin !

Mignus mit le bonbon dans sa bouche et le mâcha. La saveur familière du citron lui picota la langue.

– Aaaaaaaaaah ! glapit Gristle en fixant de ses petits yeux de poisson l'endroit où Mignus se tenait la seconde d'avant.

Il a disssparu ! Mais il est encore ici ! Vite, cherchez-le ! Tâtez ! Tâtez !

Gristle, Matrak et Molace se mirent à agiter les bras dans tous les sens comme s'ils voulaient attraper des mouches. Le juge Jackpot, plus ahuri que jamais, se tâtait lui-même, l'air de croire que le garçon s'était caché dans ses poches. Les autres warlacks étaient bien trop occupés à se disputer les derniers bonbons pour s'intéresser à une prétendue disparition. On n'avait jamais vu un humain ordinaire réussir ce genre de tour !

Les jambes de Mignus étaient aussi alertes que son cerveau. Serrant contre lui un Tinker devenu aussitôt invisible, échappant aux doigts tâtonnants de Matrak – chacun de la taille d'une banane ! –, il fonça vers le bout du couloir, vers la porte ouverte menant au bureau de l'agent Offal. Il entendait derrière lui les exclamations exaspérées de Griswold Gristle :

– Trouvez-le, bande d'idiots ! Ne le laisssez pas filer une fois de plusss !

Quand Mignus eut franchi le seuil, il trouva Iggy, fixant toujours les deux boutons d'un air perplexe. Le garçon n'avait jamais été aussi content de revoir un warlack !

Mais il n'y avait pas de temps à perdre. D'une seconde à l'autre, Griswold et sa bande devineraient où le fuyard s'était réfugié. Jetant un regard derrière lui, Mignus vit avec horreur Matrak charger tel un rhinocéros. Si le garçon était toujours invisible, la porte, elle, était visiblement ouverte !

Mignus s'appuya dessus de toute la force de ses épaules. La lourde porte pivota sur ses gonds et se referma avec un bruit sourd. Un *clic !* rassurant prouva qu'elle était verrouillée. Presque aussitôt, un coup de tonnerre retentit : Buford Matrak venait de s'écraser de tout son poids sur le battant, qui trembla sous le choc. Heureusement, il en fallait davantage pour enfoncer une porte aussi solide.

Iggy, très agité, marmonnait :

– La porte s'est fermée toute seule. Et Mignus n'est pas là ! Ni le petit chien ! Où sont-ils, je me le demande…

– On est là, Iggy, dit le garçon, voyant ses mains prendre l'apparence d'une fumée avant de retrouver leur consistance et leur couleur normales, quoique, après toutes ces aventures, elles étaient plutôt sales.

Iggy cligna des paupières, fasciné par cette réapparition inattendue. Puis, se désintéressant de l'aspect magique du phénomène, il s'écria avec fierté :

– J'ai pousssé le bouton, Mump ! J'ai pousssé le bouton comme tu me l'avais demandé. Je t'ai sssauvé encore une fois.

– Merci, Iggy. Merci beaucoup, dit le garçon en posant Tinker sur le sol. Je te suis très reconnaissant.

– Ce n'est rien, Mump, fit le petit warlack avec noblesse. Ce fut un plaisir.

« Et maintenant qu'est-ce que je fais ? se demandait Mignus, écoutant d'une oreille les coups sourds qui continuaient d'ébranler la porte. Où aller ? Comment reprendre Matilda aux sorciers ? Comment sortir du château ? Comment retourner en ville, retrouver mes parents et Nanny Flannel ? »

Il lui vint alors à l'esprit que, si tous les warlacks capturés étaient emprisonnés ici, au château Caltrop, son père et sa mère y étaient peut-être aussi.

Il n'y avait qu'un moyen de le savoir.

Mignus s'approcha du bureau et s'assit sur le siège pivotant. Il examina l'interphone, devant lui. Les boutons étaient numérotés de 1 à 20. Le garçon appuya sur le 20. Il entendit un bruit de respiration.

– Agent Offal ? appela-t-il au micro.

– Quoi ? Qui parle ?

La voix de l'agent semblait venir de très loin.

– C'est moi, Mignus Wisard.

Pendant plusieurs secondes, le garçon ne perçut qu'une respiration semblable au bruit produit par un vieux soufflet. Enfin :

– Tu t'es fourré dans de sales draps, petit. Je te conseille d'aller immédiatement trouver les messieurs et la charmante dame qui t'ont amené ici, et de leur expliquer ce que tu as fait. C'est très mal. Mais, si tu avoues tes bêtises, ils se montreront sûrement indulgents. Hein ? Qu'en dis-tu ?

Mignus était quelque peu désemparé. Il n'avait encore jamais tenu un adulte en son pouvoir de façon aussi totale. C'était moitié excitant, moitié effrayant. Toutefois, ce n'était pas le moment de se laisser impressionner.

– Savez-vous où sont mes parents, agent Offal ?

Le bruit de soufflet reprit. Puis la voix bourrue s'éleva de nouveau :

– Ce ne sont pas tes affaires, petit ! Va plutôt...

– Non. Je ne bougerai pas d'ici tant que vous ne m'aurez pas répondu.

– Écoute-moi bien, mon garçon...

– Où sont mon père, ma mère et ma sœur ? Le savez-vous ?

– Je le sais, mais je ne te le dirai pas. Ne rends pas ta situation plus difficile, hein ! Va tout de suite...

– Où sont-ils, agent Offal ?

– N'insiste pas, je ne te répondrai pas.

Mignus approcha sa bouche du micro et parla lentement, calmement, en détachant chaque syllabe de manière à être bien compris :

– Agent Offal, si vous ne répondez pas à ma question, j'appuie sur le bouton vert.

Cette fois, la pause dura deux fois plus longtemps, et le bruit de respiration prit un rythme accéléré.

Puis, d'un ton particulièrement amical et raisonnable, Offal reprit :

– Tu ne ferais jamais une chose pareille, j'en suis sûr, mon petit !

Mais la voix tremblait un peu. Le gros homme *avait peur*.

Mignus chuchota tout contre le micro :

– Quand j'aurai fini de parler, j'irai appuyer sur le bouton vert. La porte de la cellule 20 s'ouvrira. La vôtre, agent Offal. Or, tous les warlacks sont actuellement en liberté dans le couloir. Vous les voyez, n'est-ce pas ? Vous ne pourrez pas les empêcher d'approcher. Alors, je vous le demande encore une fois : où sont mes parents ?

Le souffle haletant emplit tout le bureau, mais l'agent Offal resta muet.

– Très bien, dit Mignus. Je me lève…

Et il se leva, prenant soin de faire grincer les pieds du fauteuil sur le sol.

Aussitôt, une voix paniquée sortit de l'interphone :

– C'est bon, c'est bon ! Je vais te le dire, petit ! Ne t'approche pas du bouton vert, d'accord ?

« Ouf ! pensa Mignus. Les warlacks doivent vraiment détester l'agent Offal ! »

– Ils sont dans le quartier de haute sécurité, deuxième porte sur la gauche en sortant.

Le cœur du garçon bondit dans sa poitrine : c'était juste à côté !

– Y a-t-il un autre gardien, là-bas ?

– Non, je suis seul, ici, pour l'instant. Mon collègue ne descendra que dans quelques heures. Maintenant que j'ai répondu à ta question, laisse-moi sortir d'ici, hein ! Sans toucher au bouton vert, évidemment !

Mais cette phrase résonna dans un bureau vide, car Mignus n'était déjà plus là. Il avait sifflé Tinker, attrapé Iggy par le bras et foncé dans le hall en demi-cercle. La deuxième porte sur la gauche était justement celle qu'Offal avait franchie avant d'accueillir le groupe de sorciers à leur arrivée. Sans doute ému de traiter avec des personnages de si haut rang, il n'avait pas complètement refermé le battant.

Mignus le poussa et pénétra dans un bureau semblable à celui qu'il venait de quitter : une autre rangée d'armoires métalliques, une autre table de travail, un autre interphone et son micro. La seule différence, c'est que le panneau, près de la porte du fond, était muni de quatre boutons, tous rouges, numérotés de 1 à 4.

La première idée du garçon fut de courir à cette porte, de l'ouvrir et de presser les quatre boutons à la fois, pour libérer…

Libérer qui ? Et si l'agent Offal l'avait trompé ? Ses parents étaient peut-être enfermés ailleurs…

Il avait un moyen de s'en assurer.

Il s'approcha du bureau et enfonça le premier commutateur de l'interphone :

– Papa ? Maman ? Vous êtes là ?

Il n'y eut d'abord qu'un sifflement d'électricité statique. Puis un horrible gargouillis se fit entendre, un borborygme abominable, qui ne sortait sûrement pas d'une gorge humaine. Mignus coupa le son et essaya le deuxième commutateur :

– Papa ? Maman ?

La réponse vint aussitôt.

– Mignus ? fit la voix de sa mère. C'est toi ?

– Oui, maman ! C'est moi !

– Mais… mais… où es-tu, chéri ?

– À côté ! Dans le bureau ! Je vais vous sortir de là.

– Oh, Mignus ! On s'est fait tellement de souci ! Grâce au ciel, tu es sain et sauf !

– Maman, où est papa ?

– Ton père est dans la troisième cellule. Tu peux nous libérer, chéri ?

– Bien sûr, maman. J'ouvre les portes.

Un hurlement affolé lui vrilla alors les oreilles :

– Attends, Mignus ! Non ! Pas toutes les portes !

18. Mignus le géant

Muriel, ayant contrôlé son mouvement de panique, reprit d'une voix calme quoique pressante :

– Mignus chéri, sois très prudent ! N'ouvre en aucun cas la cellule numéro 1. Nous serions tous en danger de mort. Ne déverrouille que les cellules 2 et 3. Surtout, surtout, ne touche pas au premier bouton ! Tu as bien compris ?

Dans des circonstances moins troublées, Mignus aurait demandé des éclaircissements. Mais, au ton de sa mère, il sentit que ce n'était pas le moment :

– Entendu, maman. Pas la cellule numéro 1. Patiente une seconde…

Il se dirigea vers la porte et examina le panneau. Il enfonça les boutons 2 et 3. Puis il appuya sur la barre de la porte et la poussa.

Il pénétra dans un espace étroit et sombre. Ici, pas de parois en verre, mais des murs en grosses pierres où s'encastraient quatre portes massives. Deux d'entre elles avaient pivoté.

Le garçon sentit des bras se refermer sur lui. Il fut pressé contre une poitrine douce et chaude à l'odeur familière. Levant les yeux, il découvrit dans la pénombre le visage de sa mère, qui riait et pleurait en même temps. Un anneau de fer emprisonnait son cou.

L'instant d'après, une autre paire de bras le serrait à l'étouffer. Son père se penchait sur lui, un peu pâle, un peu amaigri. Lui aussi portait le sinistre anneau de fer.

Puis deux tout petits bras agrippèrent sa jambe droite. Baissant la tête, Mignus découvrit Matilda, assise à ses pieds, qui lui souriait en découvrant ses six quenottes, un anneau autour de son cou potelé.

– Est-ce que ces gens sssont méchants, Mump ? demanda la voix inquiète d'Iggy, depuis le seuil. Est-ce que je dois te sssauver encore une fois ?

Mignus avait un peu de mal à reprendre sa respiration, au milieu de toutes ces effusions. Il réussit quand même à souffler :

– Non, non, Iggy ! Ce sont mes parents ! Et, regarde, Tilly est là aussi !

Iggy s'avança à pas lents. Quand il vit Matilda, un immense sourire lui fendit le visage. Et, quand Matilda découvrit Iggy, elle lâcha son frère pour tendre les bras au petit warlack en tapant joyeusement des pieds.

– Coubba dougui hump ! lança-t-elle.

Alors, Iggy accourut et la souleva d'un même élan.

– Où étais-tu passsée, toi ? coassa-t-il.

La petite fronça le nez en sentant l'haleine du warlack. Elle agita les mains pour la transformer, mais cette fois ça ne marcha pas. Matilda essaya alors de blanchir ses dents. Elles restèrent aussi jaunes qu'avant. Matilda n'insista pas et se contenta de jouer avec les cheveux mouillés de son vieil ami.

Mignus sentit son père desserrer son étreinte :

– Ignace Tatillon ! C'est bien vous ?

En reconnaissant Simon Wisard, Iggy fut si excité qu'il ne put articuler un mot. Il se mit à danser sur place avec un sourire qui découvrait ses deux rangées de dents jaunes et pointues. Enfin, il bafouilla :

– Cent tasses de menthe ! C'est vous… vous qui m'avez accordé cent tasses de menthe !

– Vraiment ? fit Simon, perplexe. J'espère que j'ai bien fait…

Muriel s'avança alors, l'air inquiet :

– J'aimerais mieux que vous lâchiez ma fille, monsieur Tatillon. Rendez-la-moi, je vous prie.

Mignus intervint :

– Tout va bien, maman. Iggy la portait tout le temps, au château. Tilly l'aime beaucoup. Regarde comme elle joue avec ses cheveux ! Et Iggy nous a sauvés quand nous étions en danger !

Simon parut encore plus perplexe. Il se pencha pour chuchoter à l'oreille de Mignus :

– C'est vrai, ça ? Je ne le croyais pas si malin.

– Oh, euh..., c'est presque vrai, précisa le garçon à voix basse. Il m'a vraiment sauvé une fois. Il m'a tiré par les cheveux, ce qui m'a fait très mal, mais j'ai échappé à l'armure vivante qui allait m'attraper, et...

Il fut interrompu par Iggy, qui les observait, une expression mécontente sur sa longue face maigre :

– C'est très impoli de chuchoter devant les gens. On ne vous l'a jamais dit ?

– Désolé, monsieur Tatillon, s'excusa Simon. Mignus me racontait comment vous les avez protégés, lui et Matilda. Je vous en suis extrêmement reconnaissant.

Le visage du petit warlack s'illumina :

– Oh, en ce cas, vous pouvez continuer !

– Merci encore ! renchérit Simon en s'avançant pour serrer la main d'Ignace Tatillon. À présent, vous voulez bien nous rendre Matilda ?

À contrecœur, Iggy tendit la petite à son père. Mais Tilly ne voulait pas être de nouveau séparée de son ami mouillé. Elle s'accrocha à son cou en protestant vigoureusement :

– Coubba dougui ni ni !

Simon eut un sourire un peu contraint :

– Hmmm... Voulez-vous la porter encore un peu, monsieur Tatillon ?

Iggy acquiesça avec gravité. Simon et Muriel échangèrent un regard avant de hausser les épaules.

Désignant le collier de fer qui entourait le cou du bébé, Mignus demanda :

– Quand lui a-t-on posé cet anneau absorbeur ?

– Je ne sais pas, chéri, dit sa mère. Tout à l'heure, la porte de ma cellule s'est ouverte, et Tobie Jugg était là ! Je n'y croyais pas. Il tenait Tilly dans ses bras. Il me l'a tendue, et j'ai vu qu'elle portait un anneau.

– Qu'est-ce que Tobie t'a dit, maman ?

– Une chose assez bizarre. Il a marmonné avec un drôle de sourire : « Un petit cadeau pour vous, Muriel. J'espère vous en offrir d'autres très bientôt. » Et il m'a enfermée de nouveau. Je n'y ai pas prêté grande attention, j'étais si heureuse de retrouver Tilly ! Et puis, voilà que tu surgis à ton tour ! Un vrai miracle !

À cet instant, quelque chose remua dans la cellule voisine, la numéro 1. Cela produisit un bruit mou, comme si on avait jeté un sac plein de gelée contre la porte. Une espèce de vapeur jaune filtra sous la porte, tandis qu'une puanteur écœurante emplissait le couloir. Iggy lui-même en parut incommodé.

– Partons d'ici ! grommela Simon en se bouchant le nez.

Ils coururent se réfugier dans le bureau. Simon referma la porte derrière eux, et l'horrible odeur disparut.

– Qu'est-ce qui est enfermé dans la première cellule ? s'enquit Mignus, encore sous le choc.

– Une manifestation quelconque, expliqua Simon, créée il y a très longtemps par un warlack à l'esprit mal tourné. Tout ce que nous en savons, c'est que c'est terriblement dangereux. Ça ne doit en aucun cas être libéré. À propos, Mignus, comment se fait-il que tu sois là ?

Mignus leur raconta tout ce qui s'était passé depuis le moment où Tobie Jugg les avait amenés, Matilda et lui, au château Caltrop. Il exagéra volontairement la part qu'Iggy avait prise dans leurs aventures, et celui-ci l'écouta comme s'il ignorait tout de cette histoire.

Quand Mignus eut terminé, il y eut un long silence. Enfin, Simon lâcha, le visage crispé de colère :

– Très bien.

Puis il s'adressa à Iggy :

– Monsieur Tatillon, pourriez-vous nous rendre notre fille un petit moment, et utiliser votre… euh… votre arme électrique pour nous débarrasser de nos anneaux ?

Iggy était si heureux de rendre service à Simon qu'il remit aussitôt Matilda à sa mère. Puis, tirant la brosse à dents de sa poche, il s'avança vers lui.

– Ma femme d'abord, s'il vous plaît, monsieur Tatillon !

Au bout de deux secondes, la serrure s'ouvrit avec un petit *clic !*, Muriel ôta son anneau et le jeta dans un coin :

– Merci, monsieur Tatillon !

– Quel talent ! renchérit Simon.

La brosse à dents vrombit de nouveau, et Matilda fut libérée de son anneau, qui tomba bruyamment sur le sol. Mignus le ramassa :

– Pourquoi est-ce si facile de les ouvrir, papa ? demanda-t-il, étonné que de tels appareils soient aussi peu résistants.

– Ils neutralisent tous les sorts que leurs porteurs essaient de lancer. Leur serrure ne peut donc être tenue fermée par magie, car sa magie serait absorbée elle aussi, comprends-tu ? Le fonctionnement ne peut être que mécanique. Pour quelqu'un d'aussi habile qu'Ignace Tatillon, ouvrir ces anneaux est un jeu d'enfant !

Simon se pencha pour se mettre à la hauteur du petit warlack. Celui-ci s'approcha timidement, introduisit l'axe de la brosse à dents dans le trou de la serrure et l'agita. Rien ne se passa.

– Ça ne marche pas, grommela Iggy.

– Appuie sur le bouton, lui conseilla Mignus.

L'appareil se mit à bourdonner.

Toujours rien.

Iggy éteignit la brosse et la retira :

– Il y a quelque chose avec cette ssserrure, elle est coincée de l'intérieur.

– C'est ma faute, reconnut Simon. J'ai tellement tiré sur le collier pour tenter de m'en débarrasser que je l'ai peut-être abîmé.

Le petit warlack lui lança un regard sévère, tel un maître d'école découvrant qu'un élève a copié :

– Ce n'est pas très malin, monsssieur Wisard. Sssi vous avez casssé la ssserrure, je ne peux pas l'ouvrir, même avec une arme sssuper-lectrique.

– Hmmm..., fit Simon, pensif. Voilà qui pose un vrai problème. Sans ma magie...

– On ne sortira pas d'ici ! termina Mignus, angoissé. Comment échapperons-nous aux gardes et aux sorciers ?

– Une scie à métaux, voilà ce qu'il nous faut, reprit Simon. J'en ai une excellente à la maison.

– Mais on est à des kilomètres de chez nous, papa ! s'exclama Mignus.

La voix du garçon s'était mise à trembler. Il se sentait aussi inutile et misérable que dans le grenier de Basil Tramblebone, quand celui-ci venait de le réduire à la taille d'une figurine pour le placer dans son circuit de trains miniature. Ici, il avait sa taille normale ; il était pourtant incapable de trouver une solution. Ce qu'il leur aurait fallu, à cet instant, c'était quelque chose de si grand, de si puissant que les gardes et les sorciers eux-mêmes y réfléchiraient à deux fois avant de s'y frotter...

C'est alors qu'une nouvelle idée jaillit dans la tête du garçon. Comme d'habitude, elle était complètement folle, mais il n'avait rien de mieux à proposer.

S'approchant de Matilda, il lui murmura d'un ton amusé et excité en même temps :

– Tilly ! Fais-moi grandir ! Fais-moi devenir grand, grand, grand !

La petite l'écouta avec intérêt. Elle avait toujours désiré avoir un *grand* frère. Mignus était merveilleux, drôle et malin. Mais il n'était pas grand. Il était petit, maigrichon et pas particulièrement costaud. Et voilà qu'il voulait devenir grand ! Rien de plus facile.

Matilda agita les mains.

Mignus eut soudain l'impression que la pièce rétrécissait autour de lui. Son père, sa mère, Iggy, Matilda et Tinker s'éloignaient à toute vitesse ; bientôt la table de travail ne lui parut pas plus grosse qu'une boîte d'allumettes.

Quand sa tête toucha le plafond, Mignus lança :

– C'est bien, Tilly. Ça suffit.

– Glouba ? fit la petite, ravie, en montrant ses six dents.

Elle renversa la tête en arrière pour admirer son œuvre. Mignus avait maintenant le cou penché, et ses épaules appuyaient contre le plafond :

– Arrête, Tilly ! Ça fait mal !

Si son très très grand frère ne tenait plus dans la pièce, c'était que la pièce était devenue trop petite. Elle allait arranger ça.

Elle agita de nouveau les mains, et les murs s'élevèrent, tandis que Mignus continuait de grandir, sa tête toujours plus loin du sol puisque le plafond montait en même temps que lui. Mignus mesurait à présent trois mètres, quatre mètres, cinq mètres…

– Arrête, Tilly ! Arrête tout de suite !

Il y avait un peu de colère dans cette voix. Matilda en conclut que ça suffisait. Elle agita encore les mains, et Mignus cessa de s'allonger. Il baissa les yeux vers les minuscules personnes groupées à ses pieds :

– Merci, Tilly !

Ces mots roulèrent comme le tonnerre dans le gigantesque espace, mais Matilda les entendit à peine : elle venait de sombrer dans un profond sommeil.

– Intéressant, remarqua Simon Wisard en s'écartant

prudemment des pieds géants de son fils. Que penses-tu faire, à présent ?

– Eh bien, je me disais que… au cas où on rencontrerait les gardes…, bredouilla-t-il, embarrassé.

– Bien vu, fils. Mais si on croise les sorciers ? Tu pourrais avoir la hauteur de l'Everest, ça ne servirait à rien. Ils te rendraient ta taille normale d'une seule formule ! Et, pour le moment, je ne peux pas t'aider.

Mignus regarda son père miniature, qui lui arrivait à la cheville. Il se tapotait les dents du bout de ses ongles, les sourcils froncés, signe qu'il était plongé dans une intense réflexion. Muriel contemplait son fils démesuré avec stupeur. Tinker, lui, flairait sa basket gauche. Puisque l'odeur du garçon était toujours la même, qu'il se soit changé en montagne ne troublait pas l'animal outre mesure.

Simon prit enfin une décision :

– Eh bien, Mignus, étant donné la situation, tu as sans doute eu la meilleure des idées. Au moins, ça va les prendre au dépourvu, hein ?

– Je l'espère, papa, acquiesça Mignus.

Puis il se souvint :

– L'effet des sorts lancés par Tilly ne dure pas très longtemps. Une dizaine de minutes, pas plus. Il faut partir. Le problème, c'est que je ne sais pas dans quelle direction aller.

– Moi, je le sais, déclara Simon. En route !

Il désigna la porte :

– Tu réussiras à sortir par là ?

– Je crois, fit Mignus, tout en se demandant comment son père se dirigerait dans ce labyrinthe qu'était le château Caltrop.

Il replia son immense corps, s'allongea sur le sol et s'engagea dans l'étroite ouverture. Il dut tourner les épaules de côté pour faire passer son torse. Ses hanches se coincèrent ; il força, centimètre par centimètre, jusqu'à jaillir de l'autre côté avec un *plop !* de bouchon sautant hors d'une bouteille.

Il sentit alors quelque chose dans sa main : c'était l'anneau absorbeur de Matilda, qui avait gardé sa taille normale, si bien qu'il pouvait l'enfiler autour de son index.

Le garçon s'assit, attendant que son père, sa mère, Matilda, Iggy et Tinker l'aient rejoint dans le hall en demi-cercle.

– Bien joué, fils ! s'exclama Simon. Sortons d'ici, à présent. Hors du Centre de détention, les plafonds sont très hauts ; tu n'auras qu'à te courber un peu.

Mignus s'efforça de franchir la porte suivante. Une fois de l'autre côté, il put avancer à quatre pattes, même s'il se râpait les côtes contre les murs.

Soudain, Simon s'exclama :

– Mets-nous dans tes poches, Mignus ! Tu avances plus vite que nous, ça nous fera gagner du temps. Ta mère et moi dans la pochette de devant, pour que je puisse te guider. M. Tatillon d'un côté, Matilda et Tinker de l'autre. Vite !

Le garçon attrapa délicatement chacun d'eux et les déposa dans ses poches. Simon et Muriel étaient un peu à l'étroit, mais, comme la petite poche n'était pas profonde, ça leur permettait de passer la tête à l'extérieur. Matilda dormait si profondément qu'un tremblement de terre ne l'aurait pas réveillée. Tinker, à peine installé au fond de la poche de gauche, se roula en boule à côté de Matilda et s'endormit lui aussi.

Iggy, seul dans la poche de droite, fut un peu jaloux qu'on ait confié la garde de Matilda au petit chien. Il oublia vite son ressentiment, car son nuage de pluie ne pénétrait pas dans son abri. Il était au chaud et au sec pour la première fois depuis ce qui lui semblait une éternité. De plus, il trouva un bonbon rouge aussi gros que sa tête coincé dans la doublure. Il s'installa donc pour le lécher à son aise.

– En route ! lança alors Simon depuis son poste d'observation, tel un capitaine à la proue de son navire.

19. La liberté !

« Ça, pensa Mignus, c'est amusant ! »

Il gravit en trois enjambées l'interminable escalier dont la descente avait pris plusieurs minutes aux sorciers et à leurs prisonniers. Les longs couloirs étaient si hauts et si larges que Mignus n'avait qu'à se plier en deux pour ne pas heurter le plafond. Il les avalait en quelques pas. Simon le guidait, indiquant :

– À droite ! À gauche ! Encore à gauche !

Le garçon vit bientôt devant lui la porte à double battant menant à la salle où ils avaient été capturés. Il ralentit.

– C'est dans cette pièce que les sorciers étaient réunis, expliqua-t-il à voix basse. Ils y sont peut-être retournés.

– Alors, comme ça, ils utilisent le grand salon, hein ? fit son père sur le même ton.

– Comment sais-tu que c'est le grand salon, papa ? chuchota le garçon, étonné.

– Je connais bien cet endroit, Mignus. Continue ! Silence, tout le monde !

Mignus avança le plus discrètement possible. C'était une chance que le sol soit pavé, car un plancher aurait grincé sous son énorme poids.

Soudain, sans crier gare, Iggy sortit la tête de la poche et piailla :

– Oh, Mump ! J'ai changé d'avis. Mes bonbons préférés, ce ne sssont plus les jaunes ! Ce sssont les rouges ! Tu as encore des bonbons rouges, Mump ?

Sa voix suraiguë résonna dans le couloir, les murs de pierre s'en renvoyant l'écho.

– Chutttttt, Iggy ! siffla le garçon.

Posant un doigt sur la tête du warlack, il essaya de le renfoncer dans sa poche en espérant que personne ne l'avait entendu. Mais Iggy résistait :

– Arrête de me poussser, Mump ! As-tu encore des bonbons rouges, oui ou non ?

Les espoirs de Mignus s'effondrèrent alors : les battants de la porte s'ouvrirent en grand, laissant apparaître Tobie Jugg, Gédéon Telfort, Artémise Tripette, Dorian Babouin, Quentin Plumet et Philibert Ficelle.

Les six sorciers restèrent bouche bée. Pendant quelques secondes, rien ne se passa. Puis Tobie Jugg recouvra ses esprits. Il s'avança, un sourire sarcastique aux lèvres :

– Tiens, tiens, tiens, te voilà, petit… si j'ose dire ! Comment as-tu réussi ce tour, hein ?

Mignus ne répondit pas. Il se contenta de fixer le Premier Mage en essayant de prendre un air féroce. Mais il n'était pas sûr d'y réussir. À douze ans, il est difficile de faire face à un adulte d'une telle autorité, surtout quand celui-ci est un puissant sorcier. Le fait de regarder Tobie et les autres depuis le plafond n'y changeait pas grand-chose.

Prenant ses compagnons à témoin, Tobie déclara :

– Voyez comme ce garçon est courageux et imaginatif ! Le voilà aussi grand qu'un arbre ! Un adversaire de valeur, je vous l'ai toujours dit !

Il fixa Mignus avec, dans le regard, quelque chose qui ressemblait à de l'admiration :

– Ne me révèle pas comment tu t'y es pris pour te transformer et t'évader du Centre de détention. Nous aurons tout le temps d'en discuter plus tard. Personne n'était jamais sorti d'une cellule sécurisée. Tu as réussi à le faire, et je t'en félicite. Toutefois, il est temps de cesser tes bêtises. On va te mettre en lieu sûr. Un endroit d'où tu n'auras aucune chance de t'échapper, je te le promets. D'abord, un simple sort de rétrécissement devrait te ramener à ta taille normale. N'aie pas peur, ça ne fait pas mal.

Tobie s'interrompit soudain, car il venait de remarquer les têtes de Simon et de Muriel, dépassant de la poche du garçon. Une lueur d'effroi passa dans ses yeux, et il recula.

– Tiens, bonjour, Simon ! lança-t-il avec un sourire contraint. Et la charmante Muriel est là aussi ! Quel plaisir de vous revoir, tous les deux !

– Bonjour, Tobie, répondit Simon Wisard. Le plaisir n'est pas partagé, figure-toi...

Sa voix était aussi tranchante qu'une lame. Pour la première fois, Mignus pensa que son père pouvait être quelqu'un de dangereux.

Tobie plissa les yeux :

– Ah, je constate que tu portes toujours ton anneau !

Il parut soulagé, et son sourire se fit sarcastique :

– Voilà qui est intéressant ! Avec le respect que je te dois, tu n'as jamais été qu'un enchanteur mineur, tout juste capable de lancer quelques malheureux sorts de défense. Sans ta chère épouse, tu n'es pas capable de grand-chose. Et, avec un anneau absorbeur autour du cou, te voilà complètement démuni, mon pauvre vieux ! Tu es décidément le plus nul de la famille. La ravissante Muriel possède un don rare, et je forme de grands projets pour elle. La petite malockie est une créature fascinante. Quant au jeune Mignus, c'est un garçon plein de ressources. Quoique...

avoir pris cette taille ridicule ! Ça ne vous aidera pas beaucoup, j'en ai peur, sans magie pour vous protéger ! Bien, mettons un terme à cette mascarade !

Pointant le doigt sur le garçon, Tobie récita :

– *Reductiornus Bekswaknie Sagaftra !*

Deux rayons de lumière – de lumière *noire* ! – jaillirent de ses yeux et zigzaguèrent vers la tête de Mignus. Celui-ci leva la main d'un geste instinctif, tout en sachant que cela ne les arrêterait pas.

Et pourtant…

Et pourtant c'est ce qui arriva.

Plus exactement, rien n'arriva. Les deux rayons rebondirent sur la paume du garçon, où ils explosèrent, formant des cercles concentriques, comme une pierre tombée dans une mare d'encre. Puis ils furent absorbés par… quelque chose qui n'aurait pas dû être là.

Il y eut un long silence atterré. Mignus retourna lentement sa main et contempla sa paume avec étonnement. Elle était comme d'habitude, avec ses lignes entrecroisées. La seule différence était…

L'anneau !

L'anneau absorbeur de Matilda, que le garçon s'était passé machinalement au doigt quand ils avaient quitté le Centre de détention !

L'anneau de Matilda, capable d'absorber toute forme de magie !

– Voilà qui est curieux, marmonna Simon. On n'avait jamais posé d'anneau absorbeur à une personne dénuée de tout pouvoir magique, évidemment. Il semble que l'anneau, ayant constaté qu'aucune magie n'émanait de toi, s'est intéressé à une magie venue d'ailleurs !

Tobie pivota et foudroya ses compagnons du regard :

– Eh bien, qu'est-ce que vous attendez ? Faites quelque chose !

Dorian Babouin s'avança et jeta à son tour :

– *Reductiornus Bekswaknie Sagaftra !*

Les rayons qui jaillirent de ses yeux étaient aussi jaunes que son visage. Mignus leva la main, et les rayons jaunes furent absorbés. Comme la première fois, le garçon ne sentit qu'un léger picotement sur sa peau.

– Fascinant ! souffla Simon, perché en haut de la poche.

– Tous ensemble ! ordonna Tobie d'une voix tonnante. Essayez tous ensemble !

Artémise Tripette, Quentin Plumet, Gédéon Telfort et Philibert Ficelle avancèrent d'un pas et lancèrent la formule d'une seule voix. Les huit rayons jaillirent en même temps, roses, argent, gris et beiges. Devant l'énorme paume de Mignus, leurs couleurs se mélangèrent comme une longue natte de cheveux. De nouveau, le garçon ressentit un picotement.

– Eh bien, chers amis, déclara Simon avec un large sourire, on dirait que vous avez épuisé toute votre mana ! Qu'allez-vous faire, maintenant ?

Tobie le toisa, furibond :

– Ne crois pas que tu vas t'en tirer comme ça ! S'évader du Centre de détention est une grave infraction au règlement ! Vous y serez retenus jusqu'à la date du jugement !

Simon secoua la tête :

– Il n'y aura pas de jugement, Tobie ! L'acte d'accusation a disparu, parce que vous aviez prévu de *nous* faire disparaître, n'est-ce pas ? Tu vois, Tobie, nous savons tout.

Tobie Jugg tira alors de sa poche un sifflet qu'il porta à sa bouche. Il en tira des sons stridents. Puis il cria :

– Gardes ! GARDES ! GARDES !

Presque aussitôt, six hommes en uniforme surgirent des profondeurs du couloir. Tous portaient des casques noirs ; ils brandissaient des matraques, et leurs lourdes bottes ébranlaient le sol.

Mignus pivota pour leur faire face. Quand ils découvrirent cette montagne humaine, avec des mains larges comme des fauteuils, des pieds de la taille d'un buffet, le battement pressé de leurs bottes sur le pavé s'arrêta net. Mignus devinait leurs yeux ahuris, derrière la visière des casques. Le chef se frappa plusieurs fois la paume de son gourdin, comme pour se donner du courage.

– Arrêtez ces criminels ! hurla Tobie. Faites votre devoir ! Arrêtez-les immédiatement !

Le chef leva vers Mignus un regard apeuré et balbutia :

– Vous feriez mieux de... de nous suivre sans protester, je vous le conseille...

– Et moi, je *vous* conseille de vous écarter de notre chemin, cria Simon du haut de la poche.

L'homme recula prudemment en écrasant les pieds de ses camarades :

– Nous... nous ne voulons pas d'ennuis, monsieur.

– En ce cas, disparaissez ! ordonna Simon. En route, Mignus ! Continue tout droit, et tâche de n'écraser personne, d'accord ?

Le garçon observa une dernière fois les gardes, les six sorciers figés sur le seuil de la porte. Ils lui parurent ridiculement petits. Petits et impuissants.

Il s'ébranla. Aussitôt, les gardes s'enfuirent dans toutes les directions, sauf le chef, qui brandit sa matraque en balbutiant :

– Attention, pe... petit ! Ne m'oblige pas à u... utiliser ceci !

Mignus avait été assez maltraité comme ça. Le moment était venu de prendre sa revanche.

Il se pencha, saisit le garde entre le pouce et l'index, et le souleva lentement. À mesure que l'homme approchait du visage de Mignus, la terreur se répandait sur ses traits. Le garçon ouvrit son énorme bouche.

– Tu ne vas pas le manger, quand même ? intervint Simon d'une voix où ne perçait qu'une curiosité amusée.

Mignus suspendit son geste :

– Hmmm... Je pourrais le faire, hein, papa ?

– Tu serais déçu, fils ! Ils ont un goût détestable, à cause de tout ce plastique qui les enveloppe.

– Juste une petite bouchée, alors ?

Le garde poussa un long hurlement de terreur :

– Nonnonnememangezpasjevousensupplienefaites-pasça... !

Mignus découvrit ses dents, chacune de la taille d'une encyclopédie. Le garde, pétrifié, n'émettait plus aucun son. Mignus le sentait trembler comme une feuille au bout de ses doigts. Il était temps d'arrêter ce petit jeu.

Lorsque le garçon le reposa à terre, l'homme avait les jambes si molles qu'il s'effondra comme une poupée de chiffon. Puis, ignorant les cris de Tobie qui répétait « Arrêtez-les ! Arrêtez-les ! », Mignus s'engagea à grands pas dans la direction que son père lui avait indiquée.

– Bien, fils ! approuva Simon. Tout droit ! Maintenant, à droite, puis le deuxième couloir sur la gauche !

Mignus avalait les distances si vite que le vent de sa course faisait battre les portes au passage. Loin derrière lui, il percevait de vagues bruits de poursuite. Tobie avait dû rameuter les gardes les plus courageux. Cela ne l'inquiétait guère, car il se sentait aussi fort qu'un rhinocéros. Il se souvenait de ce qu'il avait ressenti quand Basil Tramblebone l'avait soulevé entre les branches de sa pince à épiler pour le déposer sur un tas de charbon. À présent, c'était lui qui menaçait d'écraser ses adversaires !

« Pourvu que le sort lancé par Tilly dure encore un peu ! » songeait-il seulement.

Ils venaient de déboucher dans un long couloir éclairé par des tubes fluorescents accrochés au plafond, où des dizaines de portes s'alignaient de chaque côté.

« Je suis déjà passé par là », se souvint le garçon.

Soudain…

– Hé, je suis trop serré ! protesta Simon.

– J'étouffe ! cria Muriel.

Le garçon baissa les yeux et vit ses parents pressés l'un contre l'autre. Ils lui paraissaient aussi plus lourds. Jusqu'à présent, il n'avait même pas senti leur poids. Ses poches de côté s'alourdirent à leur tour, et l'anneau de Matilda glissa de son doigt, tomba et rebondit sur le sol. Le couloir devenait de plus en plus grand, de plus en plus large.

– Le sort n'agit plus ! s'exclama Simon. Vite, Mignus, sors-nous de là avant qu'on soit écrasés !

Le garçon tira de sa poche Matilda, toujours endormie. Tinker sauta à terre tout seul et regarda avec intérêt le petit warlack barbouillé de sucre rouge que son jeune maître sortait de son autre poche. Simon et Muriel s'étaient extraits de leur prison de tissu et s'étaient pendus par les mains aux revers de la veste. Quand la hauteur leur parut raisonnable, ils se laissèrent tomber sur le sol. Puis tous regardèrent Mignus rétrécir, jusqu'à ce qu'il ait retrouvé sa taille normale. Comme avant, il dut lever la tête pour s'adresser à ses parents :

– Vous voyez ! Les sorts de Matilda ne durent pas très longtemps. Et, après en avoir lancé plusieurs, elle s'endort. Elle n'en lancera pas d'autres tant qu'elle ne sera pas réveillée.

– Très intéressant, commenta Simon. Je me demande…

Muriel l'interrompit :

– On n'a plus le temps de se poser des questions. Écoutez ! Ils arrivent, et, cette fois, on n'a plus rien pour se défendre. Filons !

Simon prit la tête du groupe, marchant d'un pas rapide tout en s'assurant que chacun gardait l'allure. Mais leurs poursuivants se rapprochaient ; les lourdes bottes ébranlaient de nouveau le carrelage.

– Vite ! les pressa Simon. Ce n'est plus très loin !

« Qu'est-ce qui n'est plus très loin ? » s'interrogea Mignus, à qui le couloir semblait interminable.

Ils couraient, et des respirations haletantes se mêlaient maintenant au bruit des bottes. Puis des appels retentirent :

– Hé, vous, là-bas ! Arrêtez-vous !

Simon parut obéir, car il stoppa soudain. Devant eux, il y avait une double porte à glissière, avec un bouton de commande sur le côté. Un ascenseur !

Simon appuya frénétiquement dessus en marmonnant :

– Vite ! Vite !

Au fond du couloir, le groupe de gardes apparut. Voyant que Mignus n'avait plus la taille d'une montagne, ils accélérèrent. Les fuyards n'étaient plus que des gens affolés devant la porte d'un ascenseur.

Un ascenseur qui n'arrivait pas !

– Dépêche ! Dépêche ! aboyait maintenant Simon en trépignant d'anxiété.

Et, soudain, la porte coulissa.

– Montez, tout le monde !

Ils s'entassèrent dans la cabine. Tous, sauf Iggy. Le petit warlack restait planté devant l'ascenseur avec des yeux emplis d'effroi.

– Montez, monsieur Tatillon ! cria Simon.

Iggy ne bougea pas.

– C'est une de ces choses qui montent et qui descendent ? demanda-t-il d'un ton anxieux.

– Oui ! Montez !

Iggy recula en secouant la tête :

– Je n'aime pas ces engins. On ne voit pas où ils nous emmènent.

Mignus jeta un coup d'œil au-dehors. Les gardes n'étaient plus qu'à vingt mètres d'eux.

– C'est juste une boîte, Iggy, lança-t-il. Une boîte où les nuages n'entrent pas. Monte !

Le visage du warlack s'éclaira. Mignus agrippa Iggy par le col de sa veste et le tira à l'intérieur. Simon enfonça un bouton rouge. Les portes se refermèrent en chuintant juste au moment où les gardes se jetaient dessus. L'ascenseur se mit à monter.

Iggy renifla avec irritation :

– Tu as menti, Mump. Ce n'est pas une boîte où on est à l'abri. Il pleut toujours sssur ma tête.

C'était vrai. Le petit nuage avait suivi Iggy dans la cabine et bruinait avec constance. Le bonhomme renifla encore et se réfugia dans un silence boudeur.

L'ascenseur montait toujours.

Mignus observa ses parents. Ils affichaient des mines lugubres.

– Papa… ? commença-t-il.

Simon leva la main, lui enjoignant de se taire.

– Pas maintenant, Mignus, murmura-t-il. Un dernier obstacle nous sépare de la liberté. Occupons-nous d'abord de le franchir, d'accord ?

Dix secondes plus tard, l'ascenseur s'immobilisa. Les portes coulissèrent et ils sortirent de la cabine, Simon en tête.

Ils étaient dans un vestibule au sol de marbre. À dix mètres devant eux, une porte à tambour en verre donnait sur la rue. Un homme corpulent, à la face rougeaude, se tenait derrière un bureau à leur droite. En voyant surgir la famille Wisard, il s'avança.

– Bonjour, Fred, dit Simon.

20. Un endroit connu

Mignus n'en croyait pas ses yeux. Il comprenait pourquoi les lieux lui paraissaient familiers, quelques instants auparavant : ce long couloir avec ses alignements de portes, l'ascenseur, et maintenant ce vestibule pavé de marbre. Ils étaient passés là pas plus tard que la veille, son père, sa mère, Matilda, Nanny Flannel, Tinker et lui, sauf qu'ils avaient fait le chemin en sens inverse.

« Mais… c'est impossible ! »

Les pensées tournoyaient dans la tête de Mignus comme du linge dans le tambour d'une machine à laver. Comment avaient-ils pu passer directement du château Caltrop à l'immeuble de la Guilde des enchanteurs ? Ils étaient à des kilomètres de distance ! Lorsque Tobie Jugg les avait emmenés en voiture, Matilda, Tinker et lui, le voyage avait duré des heures. De plus, le château était bâti en pleine campagne, pas au milieu de la ville ! Ça n'avait aucun sens !

Une pression sur son épaule le tira de ses réflexions.

Son père les conduisait vers la sortie. Mais ils furent arrêtés à mi-chemin par Fred, qui s'était dressé devant eux :

– Bonjour, monsieur Wisard. Tout s'est bien passé ?

– Très bien, Fred, merci.

– Parfait, parfait !

Le gros homme hocha la tête avec amabilité. Puis il fronça les sourcils :

– J'ai entendu parler de complications, à propos de votre affaire… Je n'ai pas tout saisi, mais j'ai cru comprendre que Mme Wisard et vous aviez été emmenés au Centre de détention. Est-ce vrai ?

Un chuintement, derrière eux, attira l'attention de Mignus : les portes de l'ascenseur se refermaient. Puis le système se remit en marche. La cabine redescendait !

Le garçon tira son père par la manche :

– Papa…

Sans quitter Fred des yeux, Simon hocha la tête :

– Oui, Mignus, je sais…

Fred examinait le petit groupe d'un air embarrassé. Ignace Tatillon se cachait de son mieux derrière Simon, mais il n'échappa pas au regard du gardien. Celui-ci eut un mouvement de recul :

– N'est-ce pas une saleté de warlack qui vous accompagne, monsieur Wisard ?

– C'est un warlack, en effet, déclara Simon avec le

plus grand calme. Je ne saurais toutefois le qualifier de « saleté », n'est-ce pas, monsieur Tatillon ?

Iggy grimaça avant de balbutier :

– Oh, une sssaleté, sssi, sssi, c'est ce que je sssuis…

Fred se balançait d'un pied sur l'autre :

– Désolé, monsieur Wisard, un warlack ne peut entrer ici, à la Guilde des enchanteurs. Sa place est au Centre de détention.

Simon posa les deux mains sur les épaules du gardien :

– Écoutez, Fred, nous n'avons pas beaucoup de temps. Je vais être franc avec vous : ma famille et moi sommes en fuite, et M. Tatillon aussi. D'une seconde à l'autre, une escouade de gardes en uniformes noirs va surgir par cet ascenseur et nous arrêter. Nous n'avons rien fait de mal, Fred. M. Tatillon non plus ; il nous a même secourus à plusieurs reprises. Cependant, les membres du Conseil ont décidé de nous emprisonner. Et, si vous ne nous aidez pas, nous allons tomber entre leurs mains.

Fred écarquilla les yeux de surprise. Son regard passa de Simon à Muriel, puis à Mignus. Il toisa Iggy, qui baissa le nez. Enfin, il opina, pensif :

– Je vous connais depuis longtemps, monsieur Wisard. Vous avez toujours été bon avec moi. Et Mme Wisard est une gentille dame. Quant au jeune Mignus, j'ai entendu dire beaucoup de bien de lui. Et on ne peut pas laisser enfermer un petit bébé, n'est-ce pas ? D'ailleurs, je n'aime pas ces gens du Conseil, ni ces nouveaux gardes. De vrais lourdauds ; je me demande d'où ils sortent. Ils n'ont rien à faire ici, à la Guilde des enchanteurs.

Mignus se dandinait d'un pied sur l'autre, essayant d'attirer l'attention de son père : « Fred parle trop ! L'ascenseur va arriver d'une seconde à l'autre ! »

Simon jeta un coup d'œil derrière lui :

– Fred, si vous voulez bien nous laisser partir, c'est le moment ! J'entends l'ascenseur qui remonte. Il va en sortir ces gardes en noir…

Tous tendaient l'oreille, guettant les bruits du mécanisme.

Fred se décida enfin. Il regagna son bureau. Simon entraîna aussitôt sa famille vers la porte à tambour. Du coin de l'œil, Mignus vit Fred passer la main sous son bureau, probablement à la recherche d'un interrupteur. Puis le gros gardien se redressa, à l'instant où un chuintement annonçait l'arrivée de l'ascenseur.

Les portes ne s'ouvrirent pas.

Après un bref temps de silence, des voix irritées s'élevèrent de l'intérieur de la cabine, des appels, des coups de poing résonnant contre les parois de métal.

Fred lança alors, sur un ton affolé :

– Oh, monsieur Wisard ! Il se passe une chose affreuse ! Oh, non ! Ce n'est pas possible ! Qu'allons-nous faire ?

Il avait pris une drôle de voix, mécanique et haut perchée, tel un mauvais acteur récitant un rôle.

Simon s'arrêta, la main sur la porte. Du même ton théâtral, il répondit :

– Quoi donc, Fred ? Que vous arrive-t-il ?

Le gardien leva les bras, mimant le désespoir :

– C'est terrible, monsieur, terrible ! La porte de l'ascenseur est bloquée ! Qu'est-ce qu'on va faire, mon Dieu ?

Simon pouffa. De sa voix normale, il lança :

– Merci, Fred ! Je n'oublierai pas ça.

– Moi non plus, monsieur ! s'exclama Fred à pleins poumons. Une panne d'ascenseur, c'est un malheur qu'on n'oublie pas ! Tous ces pauvres gens coincés à l'intérieur ! Mais ne vous inquiétez pas pour eux, monsieur ! C'est mon travail. Vous pouvez partir tranquille, je m'en occupe !

– Merci, Fred ! Bonne nuit !

Simon poussa la porte vitrée, qui pivota sur son axe. La famille Wisard, suivie d'Iggy et de Tinker, jaillit à l'extérieur.

– Dépêchons-nous, les pressa Simon. Les gardes ne resteront pas enfermés très longtemps. Venez !

La rue était déserte, les fenêtres des immeubles éteintes. La voiture des Wisard était toujours garée devant l'immeuble. Ils s'empilèrent dedans : Simon, Mignus et Tinker à l'avant, Muriel à l'arrière avec Matilda.

– Monte vite, Iggy ! lança Mignus.

Le petit warlack restait sur le trottoir, ses yeux de poisson fixant avec admiration le long véhicule vert métallisé.

– Iggy ! Monte !

Ignace Tatillon secoua la tête :

– Je ne peux pas.

– Tu ne peux pas ? Pourquoi ?

– Parce que je vais mouiller ces jolis sssièges. Après, ils sssentiront mauvais.

Simon tira un levier, sous le tableau de bord, et le coffre s'ouvrit.

– Si vous montiez là, monsieur Tatillon ? Vous ne salirez rien, et il n'y a pas assez de place pour votre nuage. Il devra rester dehors.

Le visage d'Iggy s'illumina :

– Oh, merci, monsssieur Wisard ! Ce sssera merveilleux ! Merci !

Il se pelotonna dans le coffre. Simon le referma. Puis il appuya sur le bouton rouge, et le moteur ronfla.

– Où allons-nous ? s'enquit Muriel. On ne peut pas rentrer à la maison, c'est le premier endroit où ils nous chercheront.

Simon se tapota les dents du bout des ongles :

– Laisse-moi réfléchir…

Soudain, sa décision fut prise. Il enfonça le bouton marqué « P.A. »

– OUI ? fit la voix artificielle du pilote automatique. DESTINATION ?

– La maison du juge Octavo, s'il vous plaît.

– MAISON DU JUGE OCTAVO. DESTINATION IDENTIFIÉE.

Le véhicule démarra, accéléra. La voix étouffée d'Iggy leur parvint depuis le coffre :

– On va chez le juge Octavo ? Sssuper ! J'aime le juge Octavo. Il m'a donné un bissscuit, une fois. Et j'aime ce coffre ! J'y sssuis bien au sssec. Je pourrais vivre dedans, je pourrais dormir dedans, je pourrais manger des bonbons dedans, je pourrais…

La voix pointue du warlack continua son babillage, tandis que la longue voiture verte traversait la ville endormie. Et le petit nuage, à l'arrière, filait lui aussi dans l'air froid, sa pluie tambourinant sur la carrosserie.

21. Le tribunal

L'audience ne se passait pas très bien. Pour la famille Wisard, du moins.

Elle se tenait dans la même grande salle que lors de la première séance devant le Comité d'enquête, et cette salle était bondée. Tous les enchanteurs, tous les sorciers qui avaient réussi à s'y introduire attendaient en chuchotant. Sur l'estrade trônait Son Excellence le juge Octavo. Quatre autres juges en robe rouge étaient présents. Sur une plate-forme surélevée se tenait Justin Bucket, vêtu d'une longue robe bleue aux manches ornées de galons dorés. Il était pâle et paraissait nerveux.

– Pouvez-vous le prouver, monsieur Wisard ? demanda l'un des juges.

Il fixait l'enchanteur, une expression incrédule sur son visage ridé.

Simon et Muriel étaient assis dans un box, à la droite de l'estrade.

Avant que Simon ait eu le temps de répondre, Gédéon Telfort intervint :

– Bien sûr que non, ils ne peuvent pas, monsieur le juge ! Ils sont incapables de prouver quoi que ce soit !

Gédéon Telfort, Tobie Jugg et les autres sorciers membres du Conseil occupaient un autre box, plus grand, à droite de l'estrade. Un sourire condescendant sur le visage, ils semblaient considérer toute cette affaire comme une perte de temps.

– De telles accusations ! pérorait Gédéon. Absurde ! Suggérer que M. Jugg a emmené le garçon prendre une boisson dans un café sur l'autoroute avant de le ramener dans les locaux de la Guilde, c'est tout simplement monstrueux ! Quant au reste ! Les personnages d'un tableau qui deviennent vivants, une armure qui attaque ! Comment prendre ces aberrations au sérieux ? Je vous le demande, messieurs ! Ce ne sont que les inventions d'un esprit détraqué !

– Merci, monsieur Telfort, nous prenons acte de votre déclaration, dit le juge Octavo avec une politesse tranquille. Monsieur Wisard, continuez, je vous prie !

Oui, les choses allaient de travers depuis le début pour la famille Wisard. Son Excellence Octavo les avait avertis qu'il en serait probablement ainsi.

Deux jours plus tôt, à l'aube, un long véhicule vert dont le capot était orné d'un crâne de dragon s'était arrêté devant le domicile d'Octavo. Le magistrat vivait seul dans une maisonnette au toit de chaume, en pleine campagne. Simon et Muriel avaient frappé. Presque aussitôt, on avait tiré les verrous. La porte s'était entrouverte sur un vieil homme en pyjama et robe de chambre. Il avait examiné d'un seul regard le petit groupe de gens sur le seuil de sa demeure. Puis, sans un mot, il les avait fait entrer, les avait invités à s'asseoir au salon et avait écouté attentivement le récit de Simon.

Son visage bienveillant plissé d'inquiétude, il avait alors précisé :

– Une telle convocation au tribunal est un acte grave, sachez-le. Et je ne serai pas le seul à siéger, ne l'oubliez pas. Il y aura quatre autres juges, pas tous bien disposés à votre égard. Vous portez des accusations qui sortent de l'ordinaire, et les sorciers que vous incriminez sont des gens respectables, occupant des postes influents. Je suis le président de la Haute Cour de justice, ce qui me donne un certain poids, mais je serai sans doute en minorité. Vous ne pouvez pas compter entièrement sur moi. Êtes-vous sûrs de votre décision ?

– Tout à fait sûrs, Votre Excellence, avait déclaré Simon. Sans un jugement de la cour en notre faveur, je me demande quel sera l'avenir de notre famille.

– Mais, si nous perdons le procès, avait ajouté le juge Octavo, pensif, aurez-vous encore un avenir... ?

Oui, les choses allaient de travers.

Six sorciers contre deux Wisard, la parole des uns contre celle des autres. Qui les juges écouteraient-ils ? Six puissants et honorables personnages ou une famille quelque peu farfelue, dont un garçon de douze ans, accompagnée d'un piteux petit warlack ?

Nanny Flannel, Matilda Wisard et le chien Tinker n'assistaient pas au procès. Nanny parce qu'elle n'avait pas participé aux événements, elle avait été laissée en liberté après l'arrestation des Wisard ; Matilda parce que le juge Octavo l'avait déconseillé : ses pouvoirs effrayaient tout le monde, à la Guilde. Quant à Tinker, son témoignage canin n'était pas recevable.

L'autre problème, c'était le récit que Simon et Muriel avaient fait de leur aventure. Il était si fantastique que personne ne voulait y croire. À présent, Simon tentait d'obtenir de Tobie Jugg qu'il dise la vérité, et il échouait lamentablement.

– Niez-vous toujours, Tobie, avoir parlé à mon fils d'un complot destiné à changer les règles de la Guilde ? Changements qui permettraient à un sorcier de devenir Premier Mage ?

– Évidemment, je le nie, mon vieux ! répliqua Tobie avec un sourire aimable. Nous le nions tous.

Les cinq autres sorciers confirmèrent vigoureusement de la tête, tandis qu'un murmure approbateur courait dans l'assistance.

– Niez-vous toujours vous être proclamé véritable Premier Mage de la Guilde des enchanteurs ? continua Simon.

Tobie souleva ses cheveux en riant, découvrant les ténébrins qui couvraient ses oreilles :

– Voyons, Simon ! Je suis un sorcier, et les sorciers ne peuvent être élus à ce poste.

Les autres opinèrent de nouveau à grands hochements de menton.

– Niez-vous toujours avoir caché pendant des années le fait que vous étiez sorcier ?

– Je ne le nie pas. Cela n'a rien d'illégal. Tu sais aussi bien que moi, Simon, que beaucoup de sorciers préfèrent rester discrets.

– Niez-vous avoir eu l'intention de me tuer afin de pouvoir épouser ma femme ? Niez-vous avoir attenté à la vie de mon fils ?

La voix de Simon tremblait de colère. Il continua :

– Vous avez lancé à ses trousses un redoutable meurtrier avec une arbalète, un troupeau de vaches et un taureau furieux, un automate en armure portant une épée ! Que vous ayez échoué n'y change rien. Vous avez fait un usage honteux de vos pouvoirs de Premier Mage. Vous avez finalement laissé mon fils aux mains de warlacks particulièrement vicieux et assoiffés de vengeance. Qu'avez-vous à répondre, Tobie ?

Tobie Jugg afficha une expression de surprise blessée :

– Simon, mon vieux ! Il n'y a pas un mot de vrai là-dedans. Aucun d'entre nous n'aurait touché à un cheveu de ton fils. Comment peux-tu inventer de telles horreurs ?

S'adressant aux juges, il ajouta :

– Je n'ai qu'une explication : notre pauvre ami n'a plus toute sa tête. L'avez-vous fait examiner par un médecin ?

Mignus se sentit submergé par la vague noire du découragement. Tout allait de travers, et ce n'était pas juste. Personne ne l'avait interrogé ! Personne n'avait interrogé Iggy ! Iggy aurait confirmé les déclarations de son père, lui.

Le garçon jeta un regard en coin au petit warlack, assis à ses côtés dans la galerie. On les avait placés au premier rang en leur recommandant de ne pas intervenir tant qu'on ne les appellerait pas à témoigner. Mais l'interrogatoire durait depuis des heures, et on ne leur avait encore posé aucune question.

Ce qui se produisit alors ôta au garçon tout espoir de donner à son tour sa version des faits.

– Je suggère, intervint Gédéon Telfort de sa voix aigrelette, que les accusations de Simon Wisard soient retirées du procès-verbal, étant donné que pas un mot de ses allégations ne peut être prouvé. Je suggère également que ni le jeune Mignus Wisard ni le warlack Ignace Tatillon ne soient interrogés. Il est clair que le garçon a l'esprit perturbé, et aucun warlack n'a jamais été autorisé à prendre la parole dans un procès mené par la Guilde des enchanteurs. Ces différents témoignages étant irrecevables, je propose donc à la cour de prononcer un non-lieu. Messieurs les juges, veuillez lever la main si vous êtes d'accord !

Mignus, atterré, vit quatre mains se lever. Seul le juge Octavo n'avait pas bougé.

– Le procès est clos ! s'écria Gédéon Telfort, triomphant. À une écrasante majorité – quatre voix contre une – les accusations de Simon Wisard sont rejetées.

Un brouhaha monta de l'assistance, chacun y allant de son commentaire. Les six sorciers étaient tout sourire, Tobie Jugg plus que les autres.

« C'est fichu, pensa Mignus. Il n'y a plus rien à faire. Si seulement je pouvais raconter ce qui m'est arrivé ! Si je trouvais un moyen de révéler la vérité, d'ouvrir les crânes de ces menteurs pour…

Ouvrir les crânes…

Ouvrir… »

Telle une petite goutte d'eau tombant au milieu d'un étang, l'idée la plus saugrenue que Mignus ait jamais eue fit *floc!* dans sa tête et s'élargit en cercles concentriques.

« C'est complètement fou, ça ne peut pas marcher… Pourtant, c'est notre dernière chance ! »

Sa décision était prise. D'une part, il y avait urgence. D'autre part, mieux valait ne pas trop réfléchir. Le garçon tapa sur l'épaule du warlack :

– Iggy !

– Quoi ?

– Iggy, il faut que tu lances ton sort. Tout de suite !

– Pour quoi faire ? Il n'y a rien à ouvrir, ici.

– Si, si ! fit Mignus en désignant le box où se tenaient les sorciers. Tobie Jugg ! Ouvre son cerveau !

Les yeux de poisson d'Ignace Tatillon s'écarquillèrent de stupeur :

– Le cerveau de M. Jugg est dans sssson crâne, Mump ! Et un crâne n'a pas de ssserrure… !

Mignus attrapa Iggy par le col et lui chuchota à l'oreille :

– Et si tu pouvais, Iggy ? Ça vaut la peine d'essayer, non ?

Le petit warlack secoua lentement la tête :

– Tu es complètement dingue, Mump !

En bas, les juges s'agitaient sur leurs sièges. Octavo frappa sur le bureau avec son maillet de bois pour obtenir le silence :

– Amis enchanteurs, amis sorciers, je me trouve en minorité. Maître Telfort a raison, un vote acquis à la majorité des voix est recevable. C'est pourquoi il est de mon devoir de proclamer, non sans réticences, le verdict de la cour : aucune faute n'est à reprocher aux six accusés qui comparaissaient devant nous. Ils sont reconnus innocents des faits reprochés…

Mignus n'avait plus qu'une carte dans sa manche. Il souffla à l'oreille d'Iggy :

– Si tu lances ton sort contre M. Jugg, je te donnerai cent bonbons rouges, tous les jours, jusqu'à la fin de ta vie !

Le petit warlack n'hésita plus. Sa figure blême illuminée d'un large sourire, il se pencha par-dessus la balustrade, fixa Tobie Jugg et déclama :

– *Incasssriek gorgogach plurgholipsss !*

Deux rayons de lumière couleur lavande traversèrent les airs en zigzaguant et frappèrent Tobie en plein front.

Il y eut un instant de silence stupéfait. Puis Tobie leva lentement la main comme pour recoiffer ses longs cheveux, sans paraître autrement troublé.

« Ça n'a pas marché », se dit Mignus, accablé.

Dans la salle, certains sorciers s'agitaient, prêts à répliquer à une attaque de magie. Le juge Octavo leva les mains :

– Du calme, mes amis ! Ce n'est que ce petit warlack, Ignace Tatillon ; il a lancé son unique sort, qui lui sert à ouvrir les serrures. Ça ne peut pas vous faire de mal. Asseyez-vous, je vous prie ! Vous aussi, Tatillon ! Nous réglerons cette affaire entre nous tout à l'heure.

Peu à peu, chacun reprit sa place, le brouhaha cessa, même si certains regards suspicieux restaient braqués sur Mignus et Iggy.

« C'est maintenant ou jamais », pensa le garçon.

Il se leva, le cœur battant à tout rompre, les mains moites et la bouche sèche. Il respira profondément et, sûr que ça ne marcherait pas, il lança d'une voix forte :

– Tobie, qu'avez-vous mis dans mon soda, quand nous étions au café, sur l'autoroute ?

Tous les regards se fixèrent sur le garçon aux cheveux en bataille, debout dans la galerie. Tobie Jugg sourit, affable, et répondit d'une voix tranquille :

– Une merveilleuse potion, petit ! Concoctée dans nos laboratoires d'alchimie. Ça agit comme un somnifère. Ça t'a assommé, hein ?

Un silence de mort tomba sur l'assistance. Plus personne ne bougeait, plus personne ne respirait. Même une épingle, en tombant, n'aurait pas osé faire de bruit.

« Je n'y crois pas, exultait Mignus. Ça a marché, finalement ! »

– Qu'avez-vous fait après, Tobie ?

– Dès que tu as été endormi, j'ai fait demi-tour et je t'ai ramené dans les locaux de la Guilde. Je t'ai installé au sous-sol. Quand tu t'es réveillé, j'ai prétendu que tu étais à des kilomètres de la ville, au château Caltrop. Puis je t'ai

laissé te débrouiller, sans cesser de t'observer, bien sûr. J'ai vu comment tu affrontais les différents dangers que je mettais sur ta route. Tu t'en es fort bien sorti !

– Êtes-vous le Premier Mage de la Guilde des enchanteurs, Tobie ?

Tobie Jugg eut un petit rire satisfait :

– Bien sûr, je le suis. J'ai balayé ce pauvre Justin Bucket. Il n'avait aucune chance contre moi.

– Taisez-vous, Jugg ! Taisez-vous !

C'était Dorian Babouin, qui s'était dressé, frémissant de peur et de colère. Les autres fixaient Tobie Jugg avec des yeux incrédules et terrifiés.

– Calmez-vous, monsieur Babouin, dit aimablement le juge Octavo. Et asseyez-vous.

– Non, je ne m'assiérai pas ! rugit Dorian, sa face jaune tournant à l'orange tant il était en rage. Ce que Tobie Jugg vient de déclarer n'est qu'un tissu de mensonges !

– ASSIS, TOUT LE MONDE ! ET SILENCE !

Tous les sorciers obtempérèrent, et Mignus s'assit aussi. Il y avait quelque chose, dans la voix du juge Octavo, qui obligeait à obéir sans discussion.

Celui-ci sourit au garçon.

– Une de mes meilleures techniques vocales, reprit-il de sa voix habituelle. La dernière fois que je l'ai utilisée, c'était contre un bison furieux. Je l'ai stoppé sur place.

Mais revenons à notre affaire. Tu es un jeune homme plein de ressources, Mignus. Tu devrais envisager une carrière dans la magistrature, quand tu auras l'âge requis, évidemment. En attendant, me permets-tu de poser à mon tour quelques questions ?

– Oh…, euh…, oui, monsieur.

– Merci.

Le juge Octavo promena un regard inquisiteur sur les visages crispés des sorciers, ratatinés dans leur box. Seul Tobie Jugg restait détendu, un sourire affable aux lèvres.

– Monsieur Jugg, l'interrogea le vieux magistrat, j'aimerais savoir si Justin Bucket est impliqué dans cette affaire.

Tobie s'esclaffa bruyamment :

– Justin ? Cet idiot ? Bien sûr que non ! Même comme enchanteur, il est nul. Seuls des sorciers y ont pris part.

Derrière lui, Justin Bucket devint cramoisi.

– Avez-vous utilisé la mana contenue dans les bâtiments de la Guilde pour parvenir à vos fins ? continua le juge. Et placé ainsi le jeune Mignus dans des situations extrêmement périlleuses ?

– Je ne peux pas le nier, déclara Tobie en souriant plus largement que jamais.

– Avez-vous payé l'agent Offal ?

– Absolument ! Je lui ai remis une somme plus grosse que je n'avais prévu, je dois l'avouer !

– Et pourquoi ?

– Pour qu'il accepte d'ouvrir la cellule du gamin !

– Dans quel but, monsieur Jugg ?

Le rire tonitruant du sorcier retentit de nouveau :

– Pour que les warlacks lui règlent son compte, évidemment !

– Vous voulez dire : pour qu'ils le tuent ?

– C'est ce que je veux dire. Le gamin ne possédait aucun pouvoir magique, nous en avions la preuve. Il était inutile de le garder en vie, n'est-ce pas ? Ni lui ni son père ne pouvaient servir nos projets. Seules la malockie et sa mère, la manafontana, nous intéressaient.

Le juge Octavo s'adossa à son fauteuil, l'œil étincelant. Puis il se tourna vers les autres juges :

– Peut-être mes éminents collègues aimeraient-ils interroger à leur tour M. Jugg, à présent que celui-ci est disposé à dire la vérité ?

Pendant une bonne heure, les cinq magistrats bombardèrent Tobie Jugg de questions, et celui-ci y répondait avec précision. Le juge Octavo n'employa sa technique vocale qu'une seule fois, quand Gédéon Telfort tenta de reprendre le contrôle des événements en alignant des termes juridiques et des phrases incompréhensibles. Lorsque le plan imaginé des sorciers eut été révélé dans toute sa monstruosité, un lourd silence tomba sur la salle d'audience.

Ce fut Simon Wisard qui le rompit.

– Eh bien, dit-il en se levant et en tendant la main à Muriel, avec la permission de la cour, j'aimerais ramener ma famille à la maison. J'espère que, cette fois, rien ne m'en empêchera.

Octavo interrogea les autres du regard :

– Personne n'émet d'objection ?

Les quatre juges firent signe que non, l'air quelque peu abasourdi.

Octavo fixa alors Justin Bucket. Très pâle, les lèvres pincées, il ouvrait des yeux apeurés. D'une voix forte qui résonna dans toute la salle, Octavo l'interpella :

– Et vous, monsieur le Premier Mage, avez-vous une objection ?

Aussi muet que les juges, Justin se contenta de secouer la tête.

– Vous êtes libre, monsieur Wisard, déclara alors le vieux juge. Avant de vous laisser partir, je voudrais ajouter une dernière chose. Vous et les vôtres avez traversé une terrible épreuve. Au nom de la Guilde des enchanteurs, je vous prie d'accepter toutes nos excuses. Je souhaite également vous exprimer ma profonde gratitude pour avoir porté à notre connaissance cette lamentable affaire. Retournez chez vous, maintenant. Emmenez le jeune Mignus, et laissez-nous le soin de punir les coupables.

– Merci, monsieur le juge, dit Simon.

Levant la tête vers la galerie, il appela :

– Viens, Mignus ! On rentre à la maison !

Le garçon sauta sur ses pieds. Aussitôt, une petite main se referma sur son bras. Iggy le regardait, son visage maigre parcouru de grimaces.

– Quoi, Iggy ?

– Euh… Mump…, fit-il en clignant ses yeux de poisson, à propos des bonbons…

– On en trouvera chez moi, Iggy. Alors, si tu veux en avoir, tu ferais bien de nous accompagner, d'accord ?

22. Détails inexpliqués

C'est ainsi qu'Ignace Tatillon vint habiter au manoir Merlin.

Pas *dans* le manoir ; Nanny Flannel refusa catégoriquement de le laisser entrer à l'intérieur.

– Peu m'importe qu'il vous ait sauvés ou pas ! s'était-elle exclamée. Je ne veux pas de cette chose mouillée dans ma cuisine ! Il n'a qu'à rester dehors !

Mignus se creusa la tête la moitié de la journée sans trouver les arguments qui feraient changer Nanny Flannel d'avis, jusqu'à ce qu'Iggy eût découvert la niche.

La niche était censée appartenir à Tinker. Quand le petit chien était arrivé au manoir Merlin, Simon était allé lui acheter la plus belle – et sûrement la plus chère – niche qu'il avait pu trouver. Tinker n'y avait jamais mis une patte. Il s'en était détourné avec toute la dignité dont une petite boule de poils était capable. Il n'allait tout de même pas habiter cette ridicule petite maison, quand une vaste et belle demeure meublée d'excellents fauteuils et de profonds canapés s'élevait juste à côté !

La niche était donc restée vide. Jusqu'à ce qu'Iggy la voie. Elle était peinte en bleu et blanc, avec un toit de bardeaux, une porte en arc de cercle et un plancher de bois. Simon l'avait placée près de la porte de la cuisine dans l'espoir que Tinker se déciderait à y entrer. Mais le petit chien préférait dormir le plus près possible du garçon qui sentait si bon.

– Qu'est-ce que c'est, Mump ? avait demandé Iggy, les yeux écarquillés de surprise.

Mignus avait saisi la balle au bond :

– C'est une petite maison. Elle te plaît ?

– Sssi elle me plaît ? Oh, Mump, elle est sssuperbe !

– Elle te plaît vraiment ?

Le warlack avait acquiescé avec tant d'énergie que Mignus en avait été tout éclaboussé.

– Eh bien, tant mieux ! Parce qu'elle est à toi, Iggy !

– À moi… ?

Ignace Tatillon en était resté bouche bée.

La niche était exactement à la bonne taille. Le petit nuage restait à l'extérieur, et la pluie glissait sur les pentes du toit. Iggy y était parfaitement au sec. La maison avait même une fenêtre et une fausse cheminée. Et, quand Mignus eut peint sur la façade CHEZ IGGY, le petit warlack fut certain d'avoir la plus merveilleuse habitation du monde.

Quant à la famille Wisard, elle trouva comment utiliser les talents de leur nouveau locataire. Un warlack désœuvré pouvant se montrer fort malfaisant, il fallait lui donner une occupation. C'est Muriel qui eut l'idée. Il y avait, dans le parc du manoir Merlin, quantité de rosiers, qui donnaient des milliers de roses de toutes les couleurs, régulièrement attaqués par les pucerons. Ces minuscules insectes verts suçaient le suc des tiges et abîmaient les fleurs. Le travail d'Iggy consistait à examiner quotidiennement les roses et à souffler sur chacune d'elles. En peu de temps, la roseraie du manoir Merlin fut la plus réputée du pays.

Restait le problème des cent bonbons quotidiens promis par Mignus au petit warlack. Nanny Flannel le résolut en déclarant que, si la petite personne mouillée promettait de ne jamais mettre un pied sur le carrelage de sa cuisine, elle lui fabriquerait chaque jour ses cent bonbons rouges. Et, comme ces bonbons étaient bien meilleurs que ceux du sachet – car Nanny utilisait du véritable jus de fraise, et il n'y avait pas un gramme de magie dedans –, Iggy était aussi heureux qu'un warlack peut l'être quand on l'empêche d'être malfaisant.

Avoir pour sœur une malockie se révéla moins perturbant que Mignus ne l'avait craint.

Ils firent diverses expériences avec la petite fille, étudiant ses capacités, testant sa production de magie, mesurant sa fatigue après l'effort. Les résultats rassurèrent grandement les habitants du manoir Merlin : les sorts lancés par Matilda ne faisaient jamais de mal, leur effet ne durait qu'une dizaine de minutes. Et elle tombait de sommeil après chaque enchantement.

– Je crois savoir pourquoi, dit Muriel en regardant tendrement sa fille endormie dans son berceau.

Matilda était épuisée : elle venait de transformer le costume noir d'Iggy en lumineux habit orange. Iggy en avait été très content, du moins pendant dix minutes.

– Pourquoi, maman ? demanda Mignus.

– Rappelle-toi, quand nous nagions dans le sang du dragon ! Ce sang était mélangé à l'eau de mer. Il y avait beaucoup plus d'eau que de sang, la mana d'Acturion était donc très diluée. Tilly et moi n'avons reçu qu'une petite partie de mana, beaucoup moins que ce que le bébé aurait dû absorber pour devenir une véritable malockie.

– Je pense que nous devrions garder cette découverte pour nous, dit Simon.

– Pourquoi ? s'étonna Muriel.

Son mari se tapota les dents du bout de l'ongle :

– Laissons la Guilde des enchanteurs imaginer que nous avons à la maison une authentique et puissante malockie !

Autant qu'ils aient… un peu peur de la famille Wisard. Ils nous montreront plus de respect. Et, si ces sinistres individus, Pique et Falot, se pointent de nouveau par ici, ils se conduiront avec moins d'arrogance, tu ne crois pas ?

– Tu as raison, reconnut Muriel.

Quelques jours plus tard, ils eurent la visite du juge Octavo.

Simon, Muriel et Mignus s'assirent avec lui à la table de la cuisine, où le thé était servi. Iggy fut autorisé à regarder

sur le seuil de la porte, Nanny Flannel le surveillant d'un œil méfiant.

– Vous aimeriez connaître la décision du tribunal, je suppose, dit le vieil homme en sirotant son thé. Après ces révélations, Tobie Jugg a été conduit au Centre de détention. Il n'est pas près d'en sortir. L'agent Offal occupe la cellule voisine, et lui aussi devrait y séjourner un bon moment. Quant aux autres, on leur a posé un double anneau absorbeur, afin de les dépouiller de tout pouvoir magique – une procédure exceptionnelle ! Ils ont été définitivement bannis de la Guilde et renvoyés parmi les humains ordinaires, où ils continueront probablement à mal se conduire. Au moins, ils ne nous embêteront plus.

– Et les gardes qui étaient sous leurs ordres ? demanda Simon.

– Bah ! fit le juge avec mépris. C'étaient des employés de Dorian Babouin, des vigiles chargés de la surveillance de ses supermarchés. Ils ont été licenciés, évidemment. On n'a pas besoin, à la Guilde, de ce genre d'individus bottés et casqués.

Octavo fixa Iggy, qui tendait le cou à l'entrée de la cuisine :

– Monsieur Tatillon ! Je suis heureux de vous annoncer que vous avez obtenu l'indulgence de la cour. Vous êtes autorisé à demeurer ici, sous la surveillance de la famille Wisard, du moins tant que vous ne causerez pas d'ennuis. Vous avez compris ?

– Oh oui ! Merci, Votre Excellence !

Son Excellence eut un petit rire. Puis il regarda tour à tour chaque membre de la famille et déclara gravement :

– Je n'ai pas demandé d'enquête sur la malockie. Elle reste sous votre entière responsabilité, et je suis sûr que vous prendrez les choses très au sérieux.

– Très au sérieux, confirma Simon. Vous pouvez compter sur nous.

C'était l'heure du petit déjeuner, au manoir Merlin.

Simon, Muriel, Mignus et Matilda étaient assis à la table de la cuisine. Comme à l'ordinaire, Simon était plongé dans son journal. Tinker allait de l'un à l'autre, guettant ce qui pouvait lui tomber d'intéressant dans la gueule. Nanny Flannel, devant la cuisinière, versait dans de petits moules ovales un épais sirop rouge et parfumé. Debout sur le seuil, Iggy suivait l'opération, une lueur gourmande dans ses petits yeux de poisson.

Le journal s'agita soudain avec un bruit de feuilles dans le vent.

– Je n'y crois pas ! explosa Simon. Les idiots ! Les crétins ! Les triples buses !

– Qu'y a-t-il, chéri ? demanda Muriel en posant sa tasse de café.

Simon abaissa le journal, et tous virent la ride de contrariété qui creusait son front.

– Ils viennent de prendre la décision la plus absurde qu'on puisse imaginer ! gronda-t-il.

– Quelle décision ? Et de qui parles-tu, Simon ?

– Cette bande d'imbéciles de la Guilde ! Ce qu'ils ont fait est d'une stupidité ! Je n'arrive pas à y croire !

– Quoi donc ?

– Ils ont renvoyé Justin Bucket. Il n'est plus Premier Mage.

– C'est plutôt une bonne nouvelle, non ?

Simon poussa un soupir gros comme une armoire :

– Dans un sens, oui. Mais devine qui ils ont choisi pour le remplacer ! Le type le moins fait pour un tel poste, le dernier à qui ils auraient dû penser…

S'appuyant sur ses coudes, Muriel se pencha en avant :

– Mais qui, enfin ?

– Moi, lâcha Simon Wisard, consterné.

Dans la collection Estampillette

Mignus Wisard
et le secret de la maison Tramblebone
de Ian Ogilvy
Illustré par Éric Héliot

Mignus Wisard
et la créature de Fou-Rire-Land
de Ian Ogilvy
Illustré par Éric Héliot

Mignus Wisard
et le mystère du château Caltrop
de Ian Ogilvy
Illustré par Éric Héliot

L'Espionne fonde son club
de Marie-Aude Murail
Illustré par Frédéric Joos

L'Espionne mène l'enquête
de Marie-Aude Murail
Illustré par Frédéric Joos

L'Espionne veut la vérité
de Marie-Aude Murail
Illustré par Frédéric Joos

Cendorine et les dragons
de Patricia C. Wrede
Illustré par Yves Besnier

Cendorine contre les sorciers
de Patricia C. Wrede
Illustré par Yves Besnier

Voici Lola !
d'Isabel Abedi
Illustré par Isabelle Maroger

Signé Lola
d'Isabel Abedi
Illustré par Isabelle Maroger

Mark Logan
de Claire Paoletti
Illustré par Diane Le Feyer

La véritable histoire du Chat Botté
de Gudule
Illustré par Roland Garrigue

Jimbal des îles
de Klaus Kordon
Illustré par Nancy Peña

Les émerveillantes aventures
des six frères du Petit Poucet
de Stéphane Servant
Illustré par Thierry Martin

Reviens, mamie Lise !
de Katja Henkel
Illustré par Sybille Hein

Alice au Pays des Merveilles
de Lewis Carroll
Illustré et adapté par Tony Ross

Un cirque dans une petite boîte
de Dina Sabitova
Illustré par Nancy Peña